Ludwig Weibel
Wach im Ewigen
Unbekümmertheit des Absoluten

Books on Demand

Bibliographische Information der Deutschen Nationalbibliothek. Die Deutsche Nationalbibliothek verzeichnet diese Publikation in der deutschen Nationalbibliographie, detaillierte bibliographische Daten sind im Internet über http://dnb.dnb.de abrufbar.

© 2015 Autor: Ludwig Weibel
Herstellung und Verlag:
BoD – Books on Demand, Norderstedt
ISBN 9783738622652

Ludwig Weibel

Wach im Ewigen

Inhalt

Eines Musensohns Gefälligkeit
5

Fabelhafter Wille
29

Leise lockender Gesang
51

Wenn Ich dir einen Herzensreim ins Seingewissen trage
77

Wer die Wege kennt
101

Mach aus allem all so viel du kannst
127

Eine Zeit des Webens und des Strebens
153

1

Eines Musensohns Gefälligkeit

1.1

Neue Einsicht, neuer Charme und Wertgewinn in Meines Seinskontinuums Gewalten, wacker, geistreich, luftig, unerhört. Mir ist's ein Muss und eines Musensohns Gefälligkeit und Sitte, in Gesänge zu versinken, statt Gerede, Hintergründiges zu denken und Gelehrtes aufzutischen, statt Journale mit der Resonanz des Taggeschehns zu füllen. Ich mache klar, was die Gefährten der Alltäglichkeit mitnichten sehn und melde menschengöttliches Empfinden, als aus einer Schau von wunderbar beflügelnder Wahrhaftigkeit gediehen.

Was Ich Mir Bin, will Ich voll Güte, Seinsrespekt und virtuoser Seelenmimik sagen, dergestalt, dass über die empfangenden Gemüter Freude huscht und Einverständnis mit den Wohlbekömmlichkeiten, die sich ihnen präsentieren.

Ich verschaffe dir den Vorteil, eine Welt im Licht der überirdischen Betriebsamkeit zu sehn, in der sich alles aus erstrahlendem Bewusstsein, Wachheit und Gedankenschärfe generiert und des Empfindens seidenweiche Seligkeiten rein und lauter sind in wunderbarem Selbstgenügen. Himmlische Gelöstheit zelebriert sich Meinem Sinn in seligem Behagen.

1.2

Freude, Licht und Frieden schenk Ich dir, deiner Seele Wohllaut zu erheben und um dich in Meiner Gegenwart geborgen und zutiefst beglückt zu sehn. Weltoffen, liebevoll und heiter sei in deinem Dich-in-Mir-Befinden und um der Freudenfülle Willen, die Ich dir noch so gern aus Meines Seiens Unermesslichkeit verleih.

Ein gütig und gedeihlich Schicksal ist dem Tapferen beschieden, der in aller Unschuld Meiner

Hilfe sich versieht, wenn Unbekömmlichkeiten ihn bedrängen und die Lebenslust versiegen will, ob all dem penetranten Sich-an-ihr-Vergreifen. Da erweist sich deines Heldenmuts Bewahren als der Weg, die wahre Andacht und der gnadenvolle Gang zu Mir, als zu dem Herzenströster und dem Freundlichen der Zeit, in der sich alles noch zum Guten und Gerechten wendet in den Sphären reiner Ruh, die dir von Mir beschieden.

Was Ich dir unterweise ist Genügsamkeit und Seelenaugenfrische, die dich führen in Mein Zelt der guten Gaben und der Zuversicht am Leben und Gedeihen, silberhell und zärtlich, seidenweich und seelenselig, als von Mir gespendet und behutsam und geschickt zu Mir und Meines Seins Erfüllung hochgeführt. Es warten deiner Meine Schätze des Vereinens mit dem Ewigen, das in dir west und wirkt und dich zur Stätte des elysischen Verweilens führt im Wunder unbeschwerter Tage. Sieh dich dort in der Gemeinschaft mit den Heilen, deren Lauterkeit und Liebenswürdigkeit die deine anzieht und veredelt, bis sie sich vollends vermählt mit allem, was sie sind in Meinem wunderbar besänftigenden Sein und Strahlen.

1.3
Was soll Ich denn von Meinem seinsgestaltenden Elan erhoffen, wenn nicht das wunderbar Glückseligmachende in allen Meinen Weltenreservaten, Kapitalen, Höhenzügen und unendlich liebevollen Seinsgefühlen, die Mir eigen. Ich befinde über Myriaden und empfinde sie als Meines Seins Los und Lotterie, Betriebsamkeit und Aufruf an die Fahnentreue, die Ich immerfort zu leisten habe gegenüber Mir und allem, was Ich Mir voll Poesie und Tatendrang erschuf.

Mir ist gegeben, Mich der eignen Weisheit und Behutsamkeit im ständigen Agieren und Regieren wohlbedachterweis zu unterziehn, denn es liegt Mir fern, dem so diffizilen Weltsystem, das Ich erbaut, bewusst zu schaden. Die Unbewusstheit kann Verwirrung stiften und ist eine Prüfung auf Beständigkeit und Sitte, die Ich Meinem gloriosen Aufstieg ins Unendliche wohlweislich in den Weg gelegt. Denn es ist die Hürde, die den Muskel stärkt im Überwinden und die Hitze, die den Wandrer durstig macht nach süsser Rast und wohlbekömmlicher Erfrischung in der Waldesschenke in Geselligkeit und Ruh.

Das Erstaunlichste an Meinem Sein wird immer höchst erstaunlich bleiben: dass Ich Bin allwie aus einem Nichts heraus und Ich Mich als einzigartig, allgewaltig, hochpotent und seelenselig fühle. Nichts und niemand kann Mir widerstehn, wenn Ich im Geisteswort den Wandel spreche, der unverzüglich zu geschehen hat im Aufwall Meiner Dispositionen. Ich schaue alles schöpferisch Versierte, Filigrane und Erbauliche im Augenblick voraus als abgeschlossen und getan, derweil es dann in mühevollem Ringen das Bestimmte, Prächtige und Anmutsvolle auch erreichen soll in wirklichen Dimensionen.

Darunter und darüber geht, was Ich nicht aufs Genaueste bestimme und mit Meisterhänden dirigiere in des Allseins purer Geistigkeit und Dichte, die Mir unverrückbar als in wundervoller Eintracht unterstehn. Ich beliebe nicht zu scherzen, wenn Ich Meines Wirkens Sinn und Poesie als das Nonplusultra aller Wohlgeordnetheit, Bewusstheit, Schönheit, Lieblichkeit und Heiterkeit bezeichne, die da von Mir sind ein Zeichen wahrer Gunst und Güte im Allhier. Lerne es Mir gleich zu tun und du bist der Verklärten Einer, dem die Sinne aufgegangen sind und der sich mit dem Göttlichen vereint hat in der Weise der Erwählten und der Heilgewordenen am Sein und Streben, Schönheit weben und der Wonne pflegen, die die Bürger beider Welten wunderbarerweis beseelt.

1.4
Eine Seelenbastion ist, was Ich Mir zuerst erdenke und zu der Ich die Gedankenschritte lenke, um dann zu erfahren, dass sie wirklich da ist als ein Raum für das Gemüt, sich darin wohlzufühlen und das Glück der Gegenwart zu atmen voll und wunderschön.
  Damit will Ich dir bedeuten, dass du nur im Gehen vorwärts kommst und dass erst dann die Dinge, die du vordem ausser dir erschautest, in dir liegen. Wenn du dein Bewusstsein in die Weiten dehnst, gewahrst du, wie sich in dir alles regt und richtet, farbenfroh bewegt und sich ein Liedlein dichtet auf das Weltensein, das ihm beschieden. Regsam bist du selber, wenn du einsiehst, dass die Dinge alle sich durch dich bewegen und dir Diener und Gesandte sind für eine Schau von überwältigender Generosität, Genügsamkeit und einem Wirklichkeitsgehalt, den nur das Sein und mit ihm alle Seinsverklärten angemessen zu erwägen wissen.
  Ich Bin Mir alles, was Ich zu erdenken fähig Bin, darf sich der Seiende bewusst und heiter, königlich und majestätisch zugestehn. Allein von Mir geht alles aus, was ist und kehrt zu Mir zurück, indem es seines Seins Entschiedenheit, Unendlichkeit und Fabelhaftigkeit entdeckt und fortan mit ihm, in ihm und durch seine Gnade lebt und wirkt und Seligkeit bekundet.
  Der Fackelträger des Ich Bin, Bin Ich, darf jeder, über die geheimnisvolle Schwelle ins Urewige Gegangene, von sich behaupten, bin Gewahrnis

Meiner selbst und schöpfe hellbegeistert aus dem Unerschöpflichen, das Meine Zierde, Mein Gezänk und Zischen, Mein Manöver, Minnesein und Meine Wohlbestalltheit ist, als ein begehrenswertes Ziel.
Gehst du von hinnen, gehst du immer weiter nur in Mich hinein, um endlich in Mir vollends zu versinken, als in einem Lichte ohnegleichen und in einer Wonne der Allherrlichkeit von sagenhaftem Glanz und wunderbar gesättigtem Gehaben. Du Bist und willst nichts anderes mehr sein, denn das Frohlocken, das dich hier beseelt, ist dir genug für alle Ewigkeiten, Munterkeiten, Heiterkeiten und beglückenden Gefühle, die des Gottes Anhang sind, Errungenschaft und liebevolle Meisterschaft im Sternengleiten.

1.5
Vergleiche, was du Bist, mit irgendeiner andern Attitüde und du wirst finden, dass sie nicht im Mindesten an dich heranreicht mit dem katzebuckligen Getue, ihrer Wetterwendigkeit und ihrer seelenlos gewordenen Struktur. Indem du Bist, bewahrst du dich davor, in den Sog von einem Menschenbildnis zu geraten, das nur Bekanntes gelten lässt und alles untersucht nach dem Gehalt an erdgebundenen Substanzen, ohne auf den Geistgehalt in ihnen achtzugeben.
Im Grund ist es ein trauriger Gedanke für den Menschen, nicht zu wissen wohin seine Reise führt, wenn ihn des Todesengels Schwinge streift und seine Glieder ihren lebelangen Dienst versagen, denn die Seele sucht den Sinn in allem, was sie sieht und wo sie ihn nicht findet, leidet sie an diffizilen Wehn.
Da ist es Mir gegeben, eine höhere Einsicht zu verbreiten in den Wesen Meiner Zugehörigkeit und

Meines Götterstils. Brachland grab Ich um, indem Ich mindern Ereignissen den Vortritt lasse vor der Saat, die Ich ins Tiefgefurchte streue, die daraus das Liebevolle, Gläubige und Gloriose lässt erstehn. Verinnerung muss wachsen, wenn sich das Veräussern totgelaufen hat und das bedeutet, dass die Wesen sich dabei auf ihre Mitte und ihr wahres Sein besinnen lernen durch Mein Wort und Meine Geste der Barmherzigkeit an ihnen. Es ist der Ausdruck Meiner Weltenliebe, der sie führt und der ihr Ich-Gefühl verwandelt zum Erkennen ihres wahren Wertes, ihrer Unverletzlichkeit und Seelensicherheit in Mir.

So spende Ich, was hilft und was vom Universum ins empfängliche Gemüte fliesst, um es mit Götterlichtheit zu beleben. Wer das erfühlt, ist auf dem Weg zur Einheit allen Lebens und zur Unverbrüchlichkeit des Seins, in dem er ist und seiner Würde sichtig wird in freudigem Sich-selbst-Erfahren. Das ist die Wende und das Wunder der Verklärung zur Allherrlichkeit, die ihn die Grazie des Himmels schauen lässt und lässt ihn die Glückseligkeit des Ewigen erleben.

1.6
Ich Bin dezente Götterherrlichkeit im Werden und Vergehn, im Aufwall und Entschwinden, wie in der unendlichen Bewusstheit, deren Zeuge Ich Mir Bin im Weiselosen. Was will Ich mehr, als diese Summe aller Güte, diese königliche Attitüde reiner Wohlgefälligkeit am Sein und seligen Gewinnen neuer Einsicht in die Räume der Allherrlichkeit, die Ich seit eh und je in wonnevoller Ausgelassenheit bewohne?

Meiner Weisheit Born ist ohne jeden Abstrich Gegenstand des freien Über-Mich-Verfügens, als in einer Weise, deren Witz und Zartheit, Genialität,

Gediegenheit und Süsse niemals übertroffen werden kann. Ich walte und es wallt ein fürstliches Gewoge prosperierender Gedanken durch den Äther Meiner Zucht und Zünftigkeit, Meiner scharlachroten Euphorie im Pläneschmieden und Verwirklichen, noch eh ein Hahn der Morgendämmerung Willkomm entgegenkrähte.

Hast du begriffen, was es heisst, ein Ewiges zu sein, in dessen Banner Lichtheit, Generosität und Grazie durch Äonen flattert und der silberglänzende Azur Unendlichkeit des Raums verheisst in göttlichem Genügen.

Ich komme an und halte feierlichen Einzug in den Meinen, die von Seinserhabenheit und Fülle, liebevoller Lauterkeit und Anmut des Benehmens was verstehn. Beständigkeit und messerscharfes Räsonieren, Unerbittlichkeit und gütiges Verstehn sind Meine Stärke und Mein seinsvollendetes Idol, dem Ich nicht das Geringste beizufügen habe.

Ich teile mit, was seelenvoll und heiter ist an Mir und was die Winde der Begeisterung entfacht in ihren Schlünden. Was Ich betreibe, treibt die Räder weltenweit in Grossmanie und was Ich fallen lasse, fällt ins Bodenlose, spurlos im Verschwinden.

Du denkst und jedem deiner sprossenden Gedanken wohnt Mein Weltendenkens Seinslebendigkeit und Wirksamkeit, Allüre und Bewusstheit inne. Desgleichen sinne über dein Gefühl und wisse, dass Mein Fühlen deinem einverleibt und eingegossen ist, in einer unnachahmlichen Gebärde der Vertrautheit und des Einigseins mit dir.

So erfüllt sich, was Ich will, in aller Wesen Wachheit und Entschiedenheit als Folge Meines Seinsgelispels. In der Tat, das Eine bist auch du und was vereint ist, findet sich in einer Glorie ohnegleichen als in einer Klarheit des Gewissens, die von Sein zu Sein geschlungen ist und in immerwährendem Frohlocken das Erhab'ne preist, dem es seit Urzeit angehört in Liebe und holdseligem Begreifen.

1.7
Umfassen und umfangen ist Mein Ziel in der Benedeiung einer Welt von Sorglichkeit und namenloser Sanftmut zu den Meinen. Was Ich hier galant vertiefe, lass Ich dorten gnädig los und gewähre eines Freiseins Überschwänglichkeit von wunderbarem Klang und Namen.

Ich begreife, wo du lang noch zauderst und verstiegene Vergleiche anstellst, die dich immer zögernder und resignierter machen, derweil in Mir die Unbekümmertheit des Absoluten herrscht und die Gewinste täglich merklich steigen. Braut sich in Mir etwas zusammen, finde Ich sogleich die Mittel, die Bedenken zu zerteilen, um den Horizont und Himmel Meines Daseins wieder blütenrein und sonnenklar zu sehn. Meine Absicht ist es, alle auf dem Erdenplan versammelten Gemüter zu den Lebensquellen hinzuführen, die da sind: Mein Sein und Meines Urseins Kräfte und Gewalten, Sicherheiten, Seligkeiten und Verdienste in unendlicher Gewähr. Was wohl manchem ungewöhnlich, unerhört, ja rein unmöglich scheint, hier ist's getan, dass eines winzig kleinen Ich's Befinden aufgegangen ist im grandiosen Welten-Ich als in der Einheit allen Seins und aller Gottesgnaden. Die Verheissung von Äonen wurde wahr in dem, der sich erkannte, als Ich Bin und sich damit bei seinem wahren Namen nannte, als dem ewig Heilen und Gerechten, Genuinen, Geisterfüllten und unendlich Guten in der Kunst des liebevollen Selbstverstehns.

Nun habe Ich verkündet, was in Wahrheit ist und welche Chance jedermann besitzt, hinanzukommen in das Reich des Seinsfrohlockens und des allumfassenden Bewusstseins von dem Gleichnis aller Dinge mit dem Ewigen im Allhier.

Wer alles würde sich nicht liebend gern mit dem Unendlichen beschenken lassen, derweil er sich ja nur zu öffnen braucht, um alles zu empfangen, was ihm nottut in des Daseins Sinngedicht und Wahl. Nur braucht er sich bewusst zu weiten, dass ihm fasslich wird, was so unfasslich scheint und dass gerade das Geheimnis seines Selbstwerts vor ihm aufblüht, wie die Königin der Nacht im Orchideengarten.

Ich Bin, das Zauberwort des ersten und des jüngsten Tages, die Parole der unendlichen Beständigkeit im feierlichen Atem der Äonen, genauso wie im Gluthauch leidenschaftlichen Begehrens, das sich das Augenblickliche zum Ideal erwählt.

Streichen wir die Segel des Begreifens göttlicher Zusammenhänge und erfreuen wir uns des Gedankens, dass die Seienden in liebenswürdigem Vollenden in sich selber ruhn und damit aller Schönheit Zeuge sind, die ist in allen Reichen der Vernunft und schöpferischen Phantasie, der Zartheit reinen Liebens, wie der Unbeschwertheit, die das göttliche Bewusstsein allen Weisen und Gesegneten beschert.

1.8
In Nomine Domini soll deines Trachtens und Machtens Gewirke geschehn. Lass es dir schmackhaft sein am Beispiel der Husaren, die, als über Stock und Stein Gerittene, erfolgreich an dir waren. Und wär' es ganz allein, soll sich erfüllen, was Ich einer Menschenwelt verheissen habe, dass eines seiner Wesen aufersteht zur Schau des

Gotteslichtes in den Sphären in unermesslich köstlichem Sich-Bewähren.

Es sagt sich: Dass Ich Bin, ist gänzlich des Allmächtigen Affäre und somit Bin Ich Es allein in Unversieglichkeit und wunderbar geläutertem Benehmen.

Was Ich walte, waltet Es im selben meisterlichen Zuge; wie Ich Mich entfalte, ist des Gottes Flügelrauschen im Allhier. Nun sende Ich dies wackre Wort in aller Herzen Tiefen und mahne Mich und mahne dich zur Auferweckung derer, die noch schliefen. Ein freier Tod des Kleinlichen sei deinem Sinn, o Mensch, beschieden und allsogleich gehst du voll Grazie ins Unendliche hinein. Ich sage dir, du Bist in Mir in deinem Allbefinden und siehst dich wert, mit Geistes Schwert, dich ins Urewige hinaufzuwinden. Nun Bin Ich hier, sagst du dafür und will hier ständig bleiben und keine Not, kein Weltentod kann Mich vom Ehrenplatz vertreiben.

Mit dem Erkennen deiner selbst, o Mensch, bist du ins wahre Wirkliche getreten und lebst fürderhin im Sein, als in Gottseligkeit und innigem Frohlocken. Die Perle der Unsterblichkeit hab' ich gefunden, jauchzt dein Herz, und alles ist nun gut, was Ich erlebe und erstrebe im Bewusstsein Meiner Dignität und Würde von des Herren Gnaden. Das Weise Bin Ich und die Gottesweise im Allhier und darf Mich Seinsverklärer nennen, Unergründlicher und Sakrosankter in der Schöpferwünsche hehrem Spiel. Auf die Weide, in die Heide geht Mein Sinnen für und für und lässt Mir dort die Wunderblume der Glückseligkeit am Sein und Sinnen lieblich, liebevoll und rein erblühn.

So sei es, rufen dir die Seinsgeschwister zärtlich zu im Chore, komm, verwandle dich und sei und finde deinen Faden zur Allherrlichkeit in seinsbewusster Wonne, Lauterkeit und weidenschlanker Harmonie.

1.9
In Leichte, Lebenslust und Heiterkeit zu sein, welche Gnade, welcher Vorhof reinen Glücks in deinen Runden. Es bestimmt, was in dir ist, vom Morgendämmer bis zur wohlverdienten Abendruh als dein wieselschlankes Ich-Gefühl, das stets sortiert und räsoniert, beglaubigt und entscheidet und in höchster Kompetenz das Meine ist in glut- und gütevollem Überragen.

Wie liebvoll heisst es doch: Ich Bin dein Hirt und lenke Meiner Herde Wollenmeer zu satten Triften, wo die Lämmlein hüpfen können und der Wohlstand herrscht für alle, die ihn bei Mir suchen, denn nichts kommt von allein zu Meiner Bürgen Zahl. Es muss ein Ahnen um ein Grosses und Erstrebenswertes, Seinsgerechtes und Bekömmliches sie führen in Mein Zelt der exzellenten Gaben und der Wunderkräfte, die galant und akkurat zu ihren Diensten stehn. Es braucht ein unbedingtes Hingewendetsein zu dem, der ist, damit die Brünnlein des holdseligen Begabens munter fliessen und der Ausruf Sinn macht: Ein Gesegneter Bin Ich von Gottes überragender Gewähr und seinem liebestraulichen Geflüster, das Mich in den Stand der Heiterkeit und der Beschaulichkeit versetzt am Sein und Leben. Ja, aus solchem Mich-Begründen folgt die frohe, schöpferische Tat, die allem Dasein Sinn und Würde, Glorie und Glanz beschert und eine meisterliche Attitüde, die zum Vorbild wird für eine Welt des Spintisierens in der Massen losem und groteskem Her und Hin.

Schau Mich an in deiner Seele sanftem Spiegel der Gerechtigkeit am Handel, Wandel und Verstehn und fasse Mut, wo soviel andere verzagen, vor der Wucht der Angebinde, die das Leben schwer und düster machen wollen. Sieh, Ich leih dir Meines Leicht-Sinns Überschwänglichkeit und Glut, Beharrlichkeit und süsses Weben, mit deren Hilfe du gewinnst, was andere verlieren und eroberst, was die Törichten und Desolaten aufgegeben haben.

Zuvörderst steht Mir das Unendliche, sowie die Fülle, die in seinem Walten liegt, derweil Mein Angesicht, der Sonne zugewendet, ihres Strahlens Unbekümmertheit zum Zeichen nimmt für Gottes Generosität und feierliche Anteilnahme am Geschick der Weltnatur, als Seiner Hände Werk und Seiner Kräfte Fluten.

Weisheit will Ich lehren und Vermählung schaffen der Gedanken, die das Hirn und Herz bewegen. In Eins gefasst, vermagst du zu erkennen, wieviel Anmut, Poesie und Grazie Ich dir ins Dasein mitgegeben habe um dein Lebenswerk zu stützen, damit es sich in Meinem Sinn und Geist vollende und Verwirklichung erfahre von der Art Elysiens in hunderttausend Gnaden.

1.10
Befiehl Du Meine Wege, Herz und Heimat Meines Seins. Ich habe Dich gefunden und lange nicht nach mehr; Mich selber habe Ich in Dir gefunden und bereite Dir das Freudenfest, das den Verlorenen bereitet ist, nachdem sie wieder in die Herrlichkeit des Vaters eingegangen.

Jedes Überlegen ist zuviel für jene, die dem Sein und seinem fürstlichen Bewusstsein angehören. Ihre Sprache ist der Göttersage güldenes Relieve und ihres Ausdrucks Attitüde, die der Seinsglückseligkeit im Universenraum, den sich die Heilgewordenen zum Aufenthalt erkoren.

Sprech Ich dich in deines Herzens Beuge an, so ist es immer auch Mein eigenes Revier, an das Ich Mich voll Inbrunst wende, um es vom all so Menschlichen ins wunderbar verklärte Sein in Seelensicherheit, Genügsamkeit, Unsterblichkeit und Wonne hochzuheben. Vertraue dir und Mir und flüstre deinem Sinn: Ich Bin voll Sanftmut und Frohlocken, Heiterkeit und Friedefertigkeit entgegen.

Wo Ich weile? Akkurat in dieser Menschenwelt und zugleich als erwacht in jener, die wir Geistwelt nennen und von deren Wirklichkeitsgehalt wir immerwährend zehren. Wer macht sich auf, in ihre Räume einzugehn? Der Gottesgläubige, der sich im Wesen, das er ist, geborgen sieht und der sich von dem Sein der Welten nicht mehr unterscheidet. Fülle aus der Fülle darf er sich benennen, Einssein kosten mit den Kräften des Elysiums, deren Wandel hier und jetzt und überall zu spüren ist als eine Gabe der Unendlichkeit an ihre Bürgen.

Fang nur an und geh in dich und damit auch in Mich voll Ehrfurcht und Gelassenheit hinein und labe dich am Sein und seinen Quellen überirdischen Begabens.

Rette dich, indem du deines Herzens Inbrunst dich versiehst und darin Meine Spur und Grazie findest als das Heil, das Ich dem Leben mit auf seinen langen Weg gegeben. Anerkenne, dass du Bist und dass der Stern der Weisheit dir beständig leuchtet, dich in Meine feste Burg und Wohlfahrt, Seinsgediegenheit und Lauterkeit zu leiten. Weit ist die Reise und dabei Bin Ich so nah; in liebevoller Weise Bin Ich immer da und öffne dir das Tor zum Lichte, das Ich Bin und das Ich will in dir und allem

Menschlichen in Andacht, Lebenspoesie und Seligkeit durchschreiten.

1.11
Ganz erstaunlich ist es, wie viel Selbstverständlichkeiten sich vor Meinem Sinn eröffnen in des ruhigen Betrachtens reiner Wohlbekömmlichkeit am Leben. Ich warte und erwarte, was da kommt an Geistesblitzen und entdecke so des Daseins sternenklare Diktion vor wachgewordnen Seelenaugen.
Da ist es dir ein seinsgewaltiges Geschehn, dich als ein universenweites Selbstbewusstsein vor dir ausgedehnt zu finden, so dass alle existenten Dinge in dir sind, die sich vordem noch ausser dir befunden haben. Ebenso bewusst wird dir, dass du in allen Dingen Bist geradeso, als ob sie allesamt dich selber währen. Du staunst ob solcher Fülle des Erlebens lächelnd und gelöst dich selber an und weisst dich unvermittelt als ins Jenseits eingezogen. Absolute Herzensruhe ist Mein Teil im Wunder des Allherrlichen, das Mich beflügelt zur Begeisterung im Geisterlande, das Ich freien Sinns und seinsglückseligen Gewissens hier bewohne.
Zeitenlosigkeit ist Mir gewiss und gleich dazu die Einsicht, dass der Raum ein von Mir Ausgedachtes ist, in grandiosen Meisterzügen.
Solcherart wird Mir, was vordem wirklich schien, zur Illusion und zu einem Nichtsein gegenüber dem, was Ich Mir jetzt als Wirkliches bedeute. Umgestülpt ist alles, aussen ist Mir innen, Zeit ist Augenblick und Raum Allgegenwart geworden in einer wunderbar beglückenden Synthese, die in ein Eins- und Einigsein von göttlicher Dimension und Klarsicht mündet von des Seins glückseligmachender Magie.

1.12

In die Tiefe geh'n heisst: unermüdlich Mir entgegenstreben mit der Kraft des Herzens, mit der Inbrunst deiner Seele, um der Sehnsucht Willen, dich in Mir zu fühlen, Mich in dir zu sehn. Solcher Bitte und Beharrlichkeit, Glut und gläubiger Manie kann Ich Mich nimmermehr verschliessen, denn Ich habe ja verkündet: wer immer bittet, der erhält, wer anklopft, dem wird aufgeschlossen.

Wagst du den Schritt hinaus aufs dünne Eis des Seinsvertrauens, brichst du unweigerlich und notgedrungen ein und siehst dich allsogleich aufs Zarteste von Mir umfangen und in eine Welt des Heils, der Zuversicht und der Holdseligkeit geführt, in der du deines wahren Menschseins Attitüde und Allherrlichkeit erfährst. Geboren, um erhöht zu werden, geschleift um neuen Werten zu genügen, bist du Meines Daseins Burg und Bastion und bist dazu berufen, Mein Weltenwerk voranzutreiben: tapfer, kraftvoll, unbedingt und hocherhaben.

Meine Güte lass Ich in die Gütigen fahren nach Meinem Sinn und Spiel. Meiner Grazie Gewinst erfahren die, die sich vor Mir verneigen im Bewusstsein der unnennbar süssen Einheit allen Lebens, das sie selig in sich spüren. Frage nicht, ermanne dich: gut, gläubig, bodenständig und gelöst zu sein in Meiner allumfassenden Gebärde des Erbarmens an der Schöpfung und damit genauso an Mir selber, wie an dir.

Ich fasse Weltnatur und Geistgebiet geflissentlich in eins zusammen und erkläre Mich als Meister dessen, was durch Mich geschieht und was im Einklang mit Mir des Frohlockens Züge annimmt und damit Zeuge ist von Meinem Sein und liebevollen Unterweisen.

1.13

Verhalte deinen Jubel und sei Mein in schlichter Selbstkontrolle und Beweglichkeit im Tanz der überschäumenden Gefühle. Wach und wacker greifst du in die Speichen einer grossen Zeit des Seinserkennens im Capriccio der Holdseligkeit, das dir darob ins Herz gegeben. Du bahnst dir deinen Weg mit neu erstandenem Elan durch die Bedrängnisse der Zeiten und begeisterst dich an dem, was dir aus Meiner Fülle des Erfindens und Empfindens immerzu begegnet.

Ich halte Wache am Portal und Filigranwerk grosser Kunst über Meine Äusserungen, dass Ich Mich nicht zuviel vergebe und bereuen muss, was Ich im Übermut getan. Konsequent und virtuos vertrete Ich das Rechte und Gediegene als wahr und heilig im Bewusstsein der erhabnen Kür, die Ich vor aller Augen unentwegt in Szene setze. Mein ist die Tatkraft und der Zug zum Grandiosen, die Mich dazu führen, Weltenplänen nachzuhängen und Gedanken unerhörter Flexibilität und Anmut, Mustergültigkeit und Grazie zu pflegen. Benimm dich Meiner Art gemäss, will Ich dir sanft ins Trommelfell diktieren, damit du Anhang findest für den Schwall von kapriziös gesponnenen Ideen, die dich in voller Blüte des Gestaltens und Erhaltens zeigen, als im Gotteslicht gediehen.

Meide das Gekünstelte, das aus des Verführers Glanz und Glitter, falscher Freundlichkeit, Zudringlichkeit und Animosität ersteht. Mein Weg ist lauter, festgefügt und konsequent gerichtet auf ein Ziel, das Freude, Frieden und Erquickung bringt den Treuen und Gewissenhaften auf der Wallfahrt hin zu Mir.

Die Kutsche kippt dir um, wenn du zu forsche Wendungen vollziehst in deinem Drang, noch rascher und gewiefter, rabiater, ungeduldiger und heftiger von A nach B zu kommen. Was bringen dir die paar Minuten, die du sparst, wenn du daraufhin tändelnd, selbstgefällig und entschieden zeitverschwenderisch agierst in deiner Rolle als Beherrscher jeder Szene und als Ränkeschmieder von gewaltigen Illusionen?

Wenn dich was treibt, so stelle ihm die Frage: Bist du Mein kleinkariertes Ich, das sich in säuglinghafter Grossmanier gebärdet, oder schau Ich wirklich nach dem Rechten, als am Welten-Ich gediehen, das die Weisen und von Ihm Erfüllten zur Vollendung und Befriedung führt in sinngerechtem Aneinanderfügen weihevoller Taten?

Folge Mir und nichts und niemand ficht dich künftig an, ohne abzublitzen an der Kühnheit, Lauterkeit und Seinsbeherrschtheit deines Schreitens. Wandle mit Mir durch den Tag der Glorie an Meinem Werk, das du verrichtest und lächelnd ins Poetische verdichtest, um der Anmut Willen, die dir zu offenbaren und ins rechte Licht zu setzen zusteht.

Nun meine Ich, es ist für heut genug getan. Ich ziehe Mich zurück in Meinen eignen Schatten, um der Ruhe, Wohlfahrt und Glückseligkeit zu pflegen, die Mich immerzu erhöhn und Mich in die Sphären des Ich Bin begleiten

1.14
Gekonnt und alt gewohnt, verseh Ich Meine Runden als weiterführender Kurator und Magnat des Übersinnlichen an jeder Stelle des allweltlichen Geschehns. Ich hinterfrage jede Absicht, die von irgendeinem Wesen ausgeheckt und sanktioniert wird und fühle Mich bemüssigt, diesem, wo es irrt, behutsam und inständig das Geplante als verwerflich vorzuhalten, damit es sich davon enthalte in der Tage Last und Lohn. Nur allzuviele sprechen

nicht auf solche Warnung an und verfolgen ihre eigensinnige Fährte bis zum Geht-nicht-mehr, wo sie dann händeringend vor dem Scherbenhaufen heulen.

Wie weise wäre es, auf Mich und Meinen wohlgemeinten Rat zu hören, der mit liebevoller Akribie das Rechte und Gerechte trifft, um Pannen vorzubeugen und den Schönheitssinn zu stärken in der Welten Manifest und Grossnatur.

Was Ich nicht verhindern kann, hindert sich schlussendlich selbst daran, das Siegerpodest zu besteigen und sich zum begeistert applaudierenden Gemeng zu neigen in der Runde jener Geister, die seinem Tun verdiente Anerkennung zugestehn.

An Mir kann es nicht fehlen, wo etwas schief geht beim Versuch, die Leistung riguros zu steigern und das vordem noch Brillante auszustechen in verheissungsvoller Kür. Ich vollziehe nonchalant im Geistigen, was daraufhin ebenso im Offensichtlichen geschieht. Kein Wünschen bleibt Mir offen, kein Feld Mir unbestellt, weil Meine Regsamkeit noch stets das Richtige getroffen als in genialer Weise sinnbegabt und licht und leicht und maienschön.

Mich verstehn heisst: Perlenglanz, Vortrefflichkeit und Güte produzieren und am Gängelband des Gottes feierlich und unbeschwert durchs Lebensfeld spazieren; heisst: ohne Fehl und Tadel, ewig freundlich, wohlgemut und heiter als Gesandter einer Welt von Überlegenheit und Grazie am Universenwerk fürbass zu geh'n. Ermanne dich, dein Scherflein so zu leisten, wie Ich's will und sei, in Meinen Dienst gestellt, die Leuchte über jedem Seelendunkel und der Stern am Firmament der Hoffnung, Liebenswürdigkeit und Tugend, jugendfrisch und wunderschön.

1.15

Eile mit Weile deklamiert der Geist der Ausgewogenheit und Sitte, um dem Volke einen Wink zu geben, wie es sich verhalten soll in Treu und Glauben, Gutmütigkeit und rigorosem Zugriff, um des Weges Ende zeitig zu erreichen.

Was du immer tust, versuche dem Zuviel durch Wachheit, kluges Disponieren, durch Bescheidenheit und Willensstärke zu entgehn, damit du dich vor Mir nicht korrigieren noch blamieren musst in deinen fulminanten Tagen. Alles hängt an einem Fädchen und verträgt das Protzige mitnichten. Es will mit Menschengüte, Redlichkeit und Weisheit in der Schwebe reiner Grazie gehalten werden, um das Plumpe wie den Leichtsinn tunlichst zu vermeiden.

Schwärze nichts und niemand an, denn dies würde dir postwendend einen Biss ins blosse und empfindliche Gewissen schlagen. Alle deine Äusserungen werden von Mir unbedingt ins Konto deines Gutseins oder schmählichen Versagens eingetragen und es kommt die Zeit, wo du unweigerlich darauf gestossen wirst, um im Erkennen fortzuschreiten auf dem hochgewundnen Pfad.

Niemals kannst du für dein Tun ein Anderes beschuldigen und ihm die Sühne auferlegen, die du selber leisten musst, um wieder lauter und gerecht, erhaben, heiter, sanft und seelenvoll vor Mir zu stehn. Bedenke, dass das Ungebührliche des Trägers wallendes Gewissen trübt und seine gute Laune schändet. Sei froh, dass Ich verzeihen kann, wo Einsicht herrscht und guter Wille im Gemüt.

So wie der Sonnenstrahl die Wölkchen, streift dich das Ewige in deines Herzens Gral und leistet dir Gesellschaft: mahnend oder wärmend, weisend oder liebevoll umfangend in der vielgestaltigen Geschichte deines Lassens und Geschehns.

Bäumst du dich auf, Bin Ich der Reiter, der dich zähmt, beruhigt und Vernunft in dein Verhalten bringt, damit die Reise wohlgemuten Trabs und Trippelns weitergeht dem Ziel der Freundlichkeit und Liebenswürdigkeit am Sein entgegen. Mein Sinn steht nach Vereinen deiner Künste mit den Meinen, deines Übermuts mit der Gelassenheit, die Ich verströme und der Willkür, die du pflegst mit der Gesetzlichkeit und Sanftmut, deren Herr Ich Bin und deren Diener du sollst werden.

Mache dir nichts vor, wenn du bedenkst, wie viel es braucht, um als Gewiefter und Gewappneter zu gelten und mach dich zeitig auf den Weg, damit du vor dem Abenddämmer ankommst, wo Ich's meine und wo dein Gewissen rein und lauter, selig und frohlockend vor Mir liegt, damit Ich es mit Güte segne und mit Meinem Sein umfange: väterlich, gedankenvoll, erhaben, licht und schön.

1.16
Noch heut wirst du bei Mir im Paradiese sein, sowie du deinen Sinn erhoben hast zum universenweiten Sternensein, in dem Ich Bin dort oben. Mein Engel sucht dich heim, will Ich dir sagen, wo immer du gelassen gehst und stehst und kündet dir des Freiseins Hochgefühl, das dich zu Mir will tragen. Noch schwankst du hin und her, allwie ein Schilfhalm, jedem Windhauch preisgegeben. Doch allsogleich wie Ich in Mir dich halte, wirst du inmitten deines Lebens Wirrsal frohgemut und sicher aufrecht stehn.

Traust du dem Allerhöchsten, wendet sich dein Schicksal dem Unendlichen entgegen, das Ich Bin und das du in den Wesenstiefen Bist für immer eingeboren. So wendet Sein zu Sein sich offenbar und ist doch nie getrennt gewesen.

Dein Bewusstseins Akrobatenspiel vollzieht sich immerzu in Meinem. Hast du dies erkannt, kennt deine Freude keine Grenzen und des Seinsfrohlockens Melodie streift leise, leis dein inner Ohr, um deine Seele zu entzücken und dir des Elysiums Gefild zu offenbaren: silberhell und zart, ein Zaubergarten der Holdseligkeit in liebevoll gesegnetem Vereinen.

1.17
Moderat ist alles, was du leistest, im Vergleich zu dem, was Ich Mir aufgeladen an Verbindlichkeiten und Mandaten, Gedankenvariationen, Kreativitäten und Beschlüssen, stets im Wettlauf mit der Zeit, der es nicht zulässt, zimperlich und fatalistisch, hahnebüchern oder dreist zu sein in Meinen fabelhaften Aktionen.

Würdest du nur etwas mehr auf Meine Seite rücken, liesse sich das Weltgeschehn bedeutend besser an, denn wo die Weisheit spriesst und die Trompeten der Bewusstheit schallen, zieht die Evolution sich prächtig in die Weiten, um schlussendlich wieder ins Nirwana einzugehn.

So liegt denn viel an dir, ob Meine Seinsgewinste auch zum Tragen kommen, der Erfüllung oder Lähmung deines Solls gemäss, mit jeder Geste, deren Meister oder Knecht du bist im allerweltlichen Betragen.

De profundis sollst du zu Mir rufen um Erfolg in deinem Lust- und Brustrevier, damit das Ganze, das Ich Bin, im Währen abschliesst, statt in Zähren. Reformiere dich und lass die geistige Präsenz, die Ich beständig um dich breite, wirksam, akkurat und glorios zum Zuge kommen in der Wiege deiner Wehn. Was Ich dir sende, ist der Seim der Hoffnung auf Gelingen der Gelüste deiner Wahl und was Ich will, sei deines Willens Anker, Ritual und Bodenständigkeit, damit das grandiose Werk gelinge, ohne Aufschub und Verdriessen.

Dein Gesamtsein und Verwandtsein sollst du spüren in der Tat, damit die Sage sich erfülle von der Götterherrlichkeit des Menschentums genau in deinen Tagen, wo ob deinem gottgefälligen Tun in dir die Freudenröslein aufblühn und das Fest der Einheit allen Seins gefeiert wird von Mir zu dir, von dir zu Mir, unendlich feierlich, erhaben, licht und schön.

2

Fabelhafter Wille

2.1

Fabelhafter Wille, fabelhafte Tat, so definiere Ich, was Mir geschieht in dir, wenn du dich dazu aufraffst, mehr zu leisten als du sollst, um nebst den deinen, Meine Pläne zu verwirklichen, um so dem menschlichen Gefüge die Verbindlichkeit und Wohlfahrt Meiner Seinsgefühle zu verleihen.

Du verwirklichst Mich, indem du dich verwirklichst in der Gilde der Verklärten, die sich wunderbarer Weise in ein Ganzes, Weltengültiges und siebenfach Gesegnetes, von Mir Gewolltes, eingefügt und eingemittet sehn. Die Gesellschaft lebt von denen, die sie stärken und das Allgemeine tunlichst fördern, statt von ihm zu profitieren bis zum Geht-nicht-mehr. Bist du dir bewusst, dass du nur über die markante Schwelle des Dich-an-das-Allgemeine-sich-Verschenkens Meine liebevollen Züge annimmst und des Wertes inne wirst, der in der Gottesfreundschaft liegt und in der Freude über das Dich-an-dir-selbst-Bewähren.

Versuche nicht zu schummeln, denn die Seinsgesetze bringen unbedingt und unbarmherzig an den Tag, was sich der Wohlgefälligkeit des Götterblicks entziehen will, um Eigenheiten auszuleben, die keinenfalls das Buch der Weisheit zieren.

Ich sage dir, du kannst, wenn du nur immer willst und kannst in dir ein Höheres begründen auf der Fahrt in Meine Weiten im Allhier. Unzählbare Stationen gibt es, wo du dir Mein Wort beweisen kannst und wo der Nimbus Meiner Stärke sich erfüllt in dir, wenn deine Einsicht Früchte trägt und Meine allgewaltigen Mächte sich in dir entladen.

Du kommst und, was du bist in deiner Welt, vergeht, doch, was du dort als Meines Werkes Diener und Garant getan, wird weiterleben und ein Scherflein Güte sein an dem, was ewig gut ist, als in Mich gehoben und gewoben in der Weltenkräfte Meer.

Meine Dienste sind: Erschaffen von Urwirklichkeiten in den Geistessphären Meines Seins und Sinnens vor Mich hin; die deinen sollen Einsicht und Gewissenhaftigkeit vertreten, als in Meiner Perspektive und Brillanz gesehn. Schmiegst du dich an Meine grüne Seite, wird dein Seelenleben süss und wunderschön und deine Augen strahlen einer Welt des Haders Zuversicht und Gottgefälligkeit entgegen.

Das ist es, was geschieht und was an dir geschehen kann, wenn du Vernunft in seinsvernünftige Taten wandelst und mit ausgesproch´nem Feingefühl für andere durchs Leben gehst, zum Rittertum geschlagen.

2.2
Verwerfungen sind dazu da, um Ungebührliches zu korrigieren und an seiner Stelle Wachheit, Wirkkraft, Heldenmut und Zuversicht zu säen. Ich glotze nicht in Abgrundstiefen, um dann, desolat und schlapp geworden, ihrem finstern Zauber zu verfallen. Meiner Kräfte Kubatur reicht locker dazu aus, um über ihn mit vehementem Schwung hinwegzufliegen.

Das Bittere verhilft Mir dazu, mild und melodiös zu werden in der Seele gottesgläubiger Natur, denn Meine Ziele sind gerechterweis nur auf Mich selbst gerichtet auf der Ahnenlinie Meines Treueseins und bewusst Mir-selber-heiter-, magistral-und-unverzagt-Entgegengehns.

Wie Ich Mir erscheine, hängt von Meinem Einsatz ab im wackern Pläneschmieden und Verfolgen auf den Punkt Omega hin, indem Ich auf der Zinne Meines Selbstbewusstseins Götterherrlichkeit erlange und des Seins geniesse, das Ich Bin, mit allen Konsequenzen und Begünstigungen, die daraus erstehn.

Ich halte Mich für etwas, das der allerobersten Instanz so sehr gehörig ist, dass da kein Unterscheiden mehr den Zauber brechen kann, der Mir daraus ersteht und der Mich durch das Leben führt als Einer, der da weiss und wissend auf dem Pfade der Verklärten mit schlafwandlerischer Sicherheit einhergeht, um am Ende über alles Ungemach zu triumphieren und des Gottes liebestrahlende Allherrlichkeit zu sehn.

Nicht Menschenwille, sondern überirdische Substanz und Virtuosität kommt hier zum Zug, um gutzumachen, was das Kleinliche verfehlt hat und um eine Bresche in den Widersacherring zu schlagen, der den Geist gefangen halten will im kapitalen Irrtum materialistischen Kalküls.

Der Geist weht, wo er will, will Ich hier sagen und damit jedermann die Chance öffnen, was ihm frommt, gehörig zu ergreifen und Gedankenschärfe, Seinsvertrauen, Heldenmut, Geduld und Grazie als oberste Prinzipien vor sein Gemüt zu setzen, um damit den Gipfel der Gefälligkeit und reinen Schönheit zu erreichen in namenlos befreiender Manier.

Nun denn, es laufe, wer da laufen will durchs Stadion zum Herzenssiege und trete in die Reihe der Olympier lorbeergeschmückt und selig lächelnd ob dem Ruhm, den er geniessen darf in vollen, runden Zügen. Evviva! Schaukelpferd der schönen Hoffnung und Glückauf dem Wanderer zu Mir und Meiner Fülle der Glückseligkeiten, ihm bereitet und im Göttersinne für sein Wohl und Wonnesein bewahrt.

2.3

Offsite wird gepfiffen, wenn der Spieler vor dem Ball im Goalraum sich befindet. Ich pfeife dich zurück, wenn du mit Hokuspokus und mit Geistbeschwörung dich beschäftigst, die das Übersinnliche im Feld der Sinne sichtbar machen wollen, denn es muss die Geistwelt ohne physischen Beweis in deinem Weltverständnis als gegeben und als Ursprung aller Dinge gelten. Meine Existenz zu leugnen ist so hirnlos, weil damit behauptet wird: Was Ich nicht sehe, kann es auch nicht geben.

Zu diesem Zeitpunkt der Geschichte ist es eben wichtig, dass du lernst, dir etwas vorzustellen, was da wirkt im Unsichtbaren und so die Welt verändert und belebt. Magst du's Schicksal nennen oder Sinn und Sein: Es ist und gibt dir auf die Nerven oder lässt dich selig lächelnd in der Stille eines Sommertags an einem Bergsee ruhn.

Ich buchstabiere dir Gedanken, die sich vom Flüchtigen erwiesnermassen ins Konkrete drehn. Auf Schritt und Tritt begegnet dir Unendliches; du brauchst es nur zu spüren und es damit auch vor dir zu sehn.

Wie arm sind die, die sich der Gegenwart des Absoluten nicht bewusst und kundig werden können. Sie gleichen Hühnern, welche intensiv nach Futter gackern, ohne es gleich neben sich im Morgendämmer zu gewahren. Das Unbekannte sich bekannt zu machen ist die Kunst der sensitiven Seelen, deren Feingefühl dem Jenseits offen ist in wundervoll erkenntnisreichen Graden.

Was immer dir in dieser Hinsicht aufblühn und gelingen mag, führt dich der Grazie Elysiens entgegen und soll dir keine Weltflucht, sondern Weltbereicherung bedeuten, als von Mir gegeben und geführt, geschmückt mit Perlen reiner Weisheit und von Meiner Huld umsponnen, sanft, beseligend und sonnenklar.

2.4
Ebenmass ist Gottesmass, wenn Ich es so betrachte als Ermunterung zu einem philosophischen Geplänkel in des Daseins Sinngedicht und Spur. Wo ein Ausschlag sich die eine Richtung wählt, muss früher oder später sich dasselbe Phänomen ins Gegenteil verkehrt ereignen, um des Ausgleichs und Vollendens Willen aller Dinge im Allhier.

Jedem Schrei folgt die markante Stille des erwartungsvollen Schweigens, jedem Aufwall das berühmte Fallen einer neuen Baisse zu und bringt Versickern und Versiegen in die Landschaft Meiner stolzen Kür. Willst du jedoch Mich befragen, so lautet der Bescheid: Ich Bin und bin dazu berufen, vollkommnes Equilibrium und Gleichgewicht des Seins zu pflegen in Wahrhaftigkeit und Ruh und exquisiter Wonne des Gerechtseins an Mir selbst und an Meinem allerliebsten Weltenwesen.

2.5
Wie Ich Mich fühle, Bin Ich im Kalender Meiner Möglichkeiten, universal und seinsbewusst in wundervollem Selbstgenügen, Meines Lebensschiffes Kapitän. Auf voller Fahrt zu sein, weckt Hoffnung auf ein fürstliches Gelingen aller Meiner Pläne an der Welt, sowie am Sein, das Ich Mir Bin, in ausgesprochen tatenkräftiger Manier.

Nicht locker lässt Mein Eigenwillens heldenhafter Spürsinn, bis Ich Meiner besten Leistung jubelnden Triumph noch einmal überboten habe, um Mir füglich zu beweisen, welchen Banners Farbe Ich vertrete in des Ewigen Gewicht und gloriosem Sieg-Erlangen. Richtungweisend, unschlagbar und graziös muss sein, womit Ich Meiner Lorbeerkränze Schmuck und Meiner Goldmedaillen zierliches Geklimper Mir erheimse, denn die Eleganz im Wüten und die Genialität im Spiel sind Meines Königtums Beredtestes der Zeichen, die Ich zu vertreten habe. Nun fällt Mich so etwas wie Musse nach dem Stürmen und die Muse nach dem Muss begütend an und lässt Mich das Geleistete gebührend und dezent zuinnerst auch erleben. Ich räkle Mich in der Bewusstheit reiner Wonne am Geschehn und animiere Meine Seinsgeschwister dazu, freudig und frenetisch um den Sieg herumzutanzen, bis die feuerspeienden Emotionen sich gelegt und in die wohlverdiente Ruh gebettet haben unter Meinem Sternendom.

2.6
Verantwortung tragen für das, was Ich Bin, ist Meine Devise für heute, ihr schicken Leute, im Weltentrab. Ein stetes Aneinanderfügen von bewusster Redlichkeit und Sitte ist vonnöten, um des wahren Lebens Soll und Charme und Grazie zu erringen. Du weisst nicht, was du tust, bevor du eine Zeit der Läuterung durchschritten hast, um Meine Sinnkraft, Staatsidee und Weisheit in dir aufzunehmen.

2.7
Ins Allüberall hineingeboren klingt Mir so etwas wie heimatliches Läuten ins erweckte Geistesohr. Willkomm und Bruderschaft soll das bedeuten, Mir wie unzählbaren Seligen davor.

Bei Meiner Ruh sitzt einer der da kämpfen will mit Mir, wohl, um die Zerfahrenheit, Unstetigkeit und Hast in Meines Seins Behutsamkeit zu bringen. Ich aber kläre ihn darüber auf, dass Meine Werte, die da sind: Genügsamkeit und liebevolles Wachen über Meines Heiterseins Glasur, genügen, um Mein strahlendes Gemüt im Stand der Gnade und der Seinsglückseligkeit zu halten, götterherrlich, hoch und her.

So geruhe Ich, die Wohlfahrt der Unendlichkeit zu pflegen in des Herzens heiliger Bewusstheit vom allweltlichen Geschehn, und so erblüht aus ihr so etwas Köstliches wie eine Symphonie des Danks Mir selber gegenüber, der Ich Bin das Einzige, das ist und das als Schweif lebendigen Gesellentums ein Universum hinter seiner Seinskraft herzieht, ohne einmal nur zu schwanken oder sich darob in einem kläglichen Lamento zu ergehn.

Gesteh Ich Mir, dass Meines Soseins malerisches Herzogtum und überragendes Geviert ein Schauspiel bietet preziöser Unvergänglichkeit, Gelöstheit, Sittsamkeit und strahlender Bravour des Wirkens Meiner Ideale, so hab Ich diesem nichts hinzuzufügen oder abzuziehn im Götterrundblick, den Ich in die Weiten Meines Horizonts erhebe.

Unbändig Feuer des begeisternden Elans am Sein und Leben loht in Mir und reizt Mich zu des Weltenschaffens Denkspiel, Regsamkeit und Manifestum eines Willens von gewaltenherrlicher Prosperität und Unerbittlichkeit im täglichen Verfügen, das Ich tatenträchtig an Mich lege.

Nichts geschieht, als dass es in Mir sei und sei Bestandteil Meiner Gauen, Auen und Gewissenhaftigkeiten in der Schafschur, die Ich an der Welt vollzieh, um die warme Wolle ihrer Werke zu gewinnen als das Erbe, das Mir zusteht seit Ich Bin, derweil Ich Meines Weltenzirkels Schaft zum Kreis bewege, brachial und sanft und seeleninnig, immerzu.

Ich laufe Mir die Füsse wund, um allseits Meine gute Absicht und Mein Schwelgen in den Wonnen Meines Königtums hinauszusagen, um Mein Volk dazu zu animieren, es Mir gleichzutun und in der Einheit aller Dinge durch das Sein zu streben, klug und lauter, friedevoll und wahr.

Dich animiere Ich dazu, "Ich Bin" zu dir zu sagen und damit den Nagel deiner Günste, Künste und Verbindlichkeiten auf den Kopf zu treffen in gottseliger Manier und in der Überzeugung, dass der Lohn der Liebe allen Seins den Wert der Werte darstellt, den du jemals magst erringen. Ich läutere und du belauschest, was allmählich aus dir wird, von Meinem Feingefühl geformt und von dir apart in deine Wesenswelt getragen. Ich stilisiere dich zum Stern der Weisheit, wie zum warmen Glanz der Liebessonne, die das Dasein aller überstrahlt und Heil und Segen spendet, wirksam, sanft und sonnenklar.

So erfüllt sich endlich, was Ich meine und erfüllt sich auch in dir im Bild der Tugend und Beschaulichkeit, Beständigkeit und Minne an der Gottheit, die sich liebevoll und heiter, traut und machtvoll, zart und zärtlich äussert, auch in dir.

2.8
Worauf beruht Mein glänzender Erfolg in allen Landen und Bezirken Meines Seins, den Ich Mir zur Feier ausbedungen habe? Mein Allsinn sagt es Mir: Du bist der wahre Ausbund an Geschicklichkeit, spontanem Handeln aus des Herzens Neigung und Befehl, sowie die Krone unerschütterlicher Weisheit in den Reichen, die du deinem Herrscherwillen

zugebilligt und beschworen hast in hocherhabnen Zügen.

Daraus ergibt sich, dass Mein Sein das Nonplusultra darstellt aller Ich-Befunde im Allhier, die meisterlich und unbescholten, liebevoll und freundlich über sich und ihre Seinserrungenschaft verfügen.

Mein Vorteil ist, dass Ich Mich kenne im Erfahren Meiner gütestrahlenden Identität von Pol zu Pol in den von Mir gerundeten und mit Lebendigkeit begabten Sternenschauern, universenweit, bewusst und wunderbar.

Dein Hiersein, das du Menschenbildung nennst, beruht auf einer wohlbedachten, silberglänzenden Idee von unnachahmlicher Grandezza schierer Ausgewogenheit und bis ins Feinste zizeliertem Überlegen der Bekömmlichkeiten, die Ich deiner Willkür, Regsamkeit und Kühnheit überlassen habe. Wozu du dich verpflichtet fühlen solltest ist, die sämtlichen Talente, die in deines Busens Grüften noch verborgen sind, geduldig, unermüdlich und gehorsam auszugraben, um mit ihnen spielend und allherrlichen Erfolg verzeichnend Mich und dich zu feiern als des Weltenseins Erscheinen, fabelhaft, unendlich vielverzweigt und vielverbunden vom Geringsten bis zum Allerwürdigsten in einem Einssein von bezauberndem Elan.

Laufen alle Fäden des Verwirklichens in Meinem Sein zusammen, so durchlaufen sie auch deins in einer wunderwirkenden Synthese aller Kräfte und Gewalten, Liebenswürdigkeiten und Erkenntnisse, die ihm eigen. Du brauchst dich nur im Sein zu fühlen, das Ich Bin und schon bist du aufs Innigste verbunden mit dem überragenden Bewusstsein der Allherrlichkeit, in dem Ich wese.

Leiste, was zu leisten ist, um deines Hierseins Soll und Blüte zu erfüllen, makellos, vertrauensvoll und deine wahre Grösse still erahnend, wohlverborgen in der Partitur des Lebens, die zu spielen dir bestimmt und aufgegeben. Weide dich an der Gewissheit, dass du eines Gottes Sohn und Bürge bist in deinen Runden und dass dein hehrer Gang durch aberviele Inkarnationen akkurat der Meine ist im Gleichschritt, den wir innehaben, wie im unveräusserlichen Sein, das einem jeden zugehört, was ist und Pläne schmiedet, bangt und hofft und Früchte erntet sonder Zahl.

Wer nicht sein Sosein diesem Sinn gemäss verwaltet, verkennt, was Ich ihm mitten auf den Weg der Glorie und Entschiedenheit gegeben; seine Felder liegen brach und brachial bricht Ungemach und Tücke über sie, um dir die letzten Werte noch zu rauben, die Ich dir zum Pfand gegeben. Meide des Versuchers Gluthauch und empfehl dich Meinem sanften, harmonienträchtigen Befrieden deiner zehrenden Gelüste allsolange, bis sie sich im Nichts verlieren, worauf du als der Cherub Meiner Gunst und deiner Künste dastehst, sakrosankt ein Held des Wollens und Entsagens und ein Vorbild deiner selbst voll Herzensgüte auf der Liebe lichter Spur.

Bist du so, so ist der silberglänzende Pokal gewonnen, den Ich deinem Siegen ausersehen habe. Als Geheilter und Geheiligter gehst du fortan umher, Mir alle Ehre abzustatten und dein Licht als auf dem Scheffel strahlend hochgestellt zu sehn. In Würde wird das Werk, das Ich voll Zuversicht in dir begonnen schlussendlich auch vollendet sein und eine nie gekannte Seligkeit wird deine Seele überkommen, als von Mir gesendet und in Mir bewahrt für Zeit und Ewigkeit und für die Sehnsucht nach dem Sein, die jeden Wesens Inhalt ist und glückverheissendes Begaben.

2.9

Vor allem achte auf ein tadelloses Outfit geistiger Natur, damit du in den Wandelhallen Meiner Zunft und Künste nicht als schäbig oder für den Karneval geeignet auffällst unter den gelehrten Häuptern Meiner Wahl.

Erst wenn alles an dir trefflich stimmt und glimmt, gefällig arrangiert und wohlbedacht und heiter ist, lass Ich dich als für einen von den Meinen gelten, denen man das Weise¬- und Gesittetsein von weitem ansieht und voll Freude attestiert.

Unverholen müsste Ich des Tadelns Mich bedienen, wenn du glaubtest, es sei möglich und vergnüglich, Mich nur im Geringsten hinters Licht zu führen, denn Wahrhaftigkeit und königlich beglaubigte Manieren sind vonnöten, um befugt zu sein, durch eine Meiner Golden Gates galant und siegessicher in Mein Reich der Mitte zu spazieren. Sieh dich also vor, dass du in keiner Sparte abfällst, wenn du vorwärts kommen willst in Meinem Sinn und Sanktuarium auf währschaft angelegten Götterpfaden. Nicht klug im Weltensinne musst du sein, doch herzensgut und schlicht und gläubig Meiner Generosität entgegen, die alles an dir märchenhaft und prächtig macht, wes' du bedarfst, in den dezenten Geisteshallen, die seit Äonen das Elysium zieren.

Meistre, was zu meistern, ist in kleinen, satten Zügen, bis du dann in wundervollem Seinsgenügen selbst den schwierigsten Problemen nonchalant gewachsen bist in den Perioden Meines Unterweisens purer Weisheit, Edelmütigkeit und Transformation ins göttliche Benehmen.

Was hast du vor, muss Ich dich füglich fragen, bevor du ausgehst aus dir selbst in Meinem Institut der Hoheit und Gewissenhaftigkeit, um dich vor Unbill, Abfall, Repressalien und Schande zu bewahren? Der Pfad der Tugend lässt sich ja so graziös, leichtfüssig und galant beschreiten, wenn Geistesgegenwart und Wachheit dich begleiten auf den Spuren einer Welt von Gegensätzlichkeiten, rätselhaften Turbulenzen und gesalzenen Gefahren. Jede Wette wird sich noch zu deinen Gunsten wenden, wenn du Meine Regeln und Erlasse tadellos befolgst und dabei locker und gelöst einhergehst als ein wahrer Gentleman der Gottnatur in Meinen Gründen.

Der Herr ist immer bei Mir, darfst du innig dir verkünden. Er wird in der Folge Meiner Taten die gewandteste, brillanteste und bodenständigste in eigener Regie vollbringen, womit Ich immer als ein Held und Sieger aus dem Pulk der Konkurrierenden hervorgeh: glorios und freudig winkend nach den Tosenden in der gigantischen Arena.

Beschreibe nun, wie du dich als in Meiner Gunst geborgen fühlst und verlass die Szene voll Begeisterung am Werk, das dir in Mir gediehen. Schau dich als ein Gesegneter und Seinsverklärter, Sich-Beherrschender und seliger Verkünder und Begründer wahrer Menschengöttlichkeit im für dich heil gewordenen Allhier.

2.10
Mit Gott verbunden oder nicht, ist hier die Frage, ob eine Kluft besteht in deinem Seien zwischen dir und Mir und ob du denn hinüber willst, zwar mit Bangen und Schauern, doch unbedingt hinüber in Mein Reich des Auferstehns aus deinen Nöten. Doch willst du nicht, aus Furcht darüber, dass dich das Erinnern malträtieren könnte und dass du weder Rast noch Ruhe fändest dort im Lande ohne Wiederkehr vor deinen eignen Taten.

Bedenk es wohl, wenn Ich dir sage: genauso ist´s und akkurat aus diesem Grunde soll dein Leben lauter werden, dienstbeflissen, liebevoll und seriös, damit die Frage, ob du jenseits oder hier sein willst, dich nimmer quälen kann.

Dein Sein soll ins Bewusstsein vom Allüberall münden. Mach es dir zur Pflicht, zu grasen, statt zu rasen, den Wohllaut der Verbindlichkeit im Herz zu tragen, statt den Groll, der Unvollkommenheit der menschlicher Natur entgegen.

Ich verteile Meine Brötchen nur an die, die von sich sagen können: Hier walte Ich mit ehrenvollem Streben und Mich-dem-unbekannten-Gotte-gläubigen-Gemüts-Vergeben. Aufmerksam und willig sollst du sein, damit Mein Wille sich an dir erfülle und damit dein Leben kernig und markant wird, machtvoll und zugleich den zart´sten Regungen verschrieben.

Reise mit dem Reis der Hoffnung Mir entgegen und beweise dir, was du vermagst in Meines Namens Zucht und Zierde, Gleichmut und Gefälligkeit in der Geschichte deiner selbst und deines Seins im Blickfeld deiner Ahnen.

Komm, wann du immer kommen magst zu Mir mit deinen Nöten und erhebe dich am Leicht-Sinn dessen, was Ich Mir errungen habe. In dem Gedankenwirrwarr, der dich wie ein Mückenschwarm umrundet, sei allein das Koschere das Milieu, in dem dein Herz bedeutsam wird und in ihm bis hinauf zum Seligsein gesundet in den Sphären reiner Ruh.

Indem Ich dich mit Meiner Fülle Lichts begabe, sollst auch du dich in Mein Sein gewandet und in ihm geborgen sehn. Da liegt's: Was in der Lebenslust für Seinsgedanken kommen mögen, spornt dich zum Weiterstreben an. Sie spenden deinen

Unternehmungen die Kraft der Zuversicht und führen dich zu göttergloriosen Taten.
von Gabi am 10.11.09

2.11
Den Weckruf der Dreifaltigkeit lass Ich in alle Welt ergehen, um die Tage desolaten Missmuts zu verkürzen, indem Ich in den Seelen der Gerechten wirke und bewirke, dass sie freudevoll und tatenträchtig zu Mir auferstehn. Siehst du den Glanz und die Verklärung in den Augen derer, die bewusst geworden sind in Mir und über Mich in wunderbar bedeutungsvoller Klargesichtigkeit und Minne an dem Herrn der Welten, der ihr Ein und Alles ist und gütestrahlendes Idol?
  Ungeschminkt und hell begeistert kann Ich von Mir sagen, dass Mein Sein in unnachahmlicher Grandezza aller Fülle Seim und aller Schönheit Wonne in sich birgt und dass deren Offenbarung eine Menschheit überzeugen soll vom Wert der herzergreifenden Parade reiner Wunderwerke, die Ich liebevoll an ihr getan. Besinnung will Ich dir bereiten über das Unendliche, das du als Krönung deines Lebens wunderbarerweis erringen sollst in stetem Streben und Dich-in-ein-neues- Seinsbewusstsein-Heben, sorgenlos und sicher, heil und sonnenklar.
  So erfüllt sich, was Ich dir und aller Welt besage, im Verständnis Meiner Absicht, wie im Wohlgeraten, das daraus erspriesst. Befreien will Ich, was sich selber hat gebunden und beglücken, was in Trauer lebt und webt. Blick auf und schau, was in den Himmel Meiner Sterne steht geschrieben und erwarte, was dir frommt an heiterem und hohem, zärtlichem und makellosem, seelenvollem und holdseligem Begaben.

2.12
Ich Bin des Gottes Sinngedicht und Strahlen. Meines Weltenseins Refugium gewährt Mir Schutz und Harmonie des Ewigen in lichten Gründen unter dem Gerieseln silberheller Quellen in der seligen Natur. Was Ich Mir Bin ist Meine letzte Bastion der Zuversichtlichkeit und der Gedankenschärfe, des Gerechtseins und des immerwährenden Verschenkens Meiner Güte, ohne je von ihr zu wenig oder gar zu viel zu haben.

Ich Bin des Seins gewahr, als Meiner Ehrenrettung Fahne, Meiner Willgewandtheit Ideal und Meines Rufens Widerhall in wunderbar ergreifenden Gesängen und melodischen Verästelungen, Mir des Lauschens Seligkeit und Sinnkraft zu versüssen.

Ich bleibe niemals bei Mir selber stehn, denn die Bewegtheit Meiner Züge ist seit eh und je das Nonplusultra schöpferischer Bodenständigkeit im besten Sinne des Erschaffens neuer Werte und Befindlichkeiten im Allhier. Nicht verdriessen, doch das Hiersein bis ins Mark geniessen, ist die feurige Parole, die Ich Mir ins Herz und hinters Ohr geschrieben. Willst du gar dem Minnesang des Lebens eine Falle stellen? Ich schwebe lächelnd, leicht und leis darüber hin und Bin gesegnet und gerettet allezeit in dem Bewusstsein, dass Mir nichts geschehen kann, was Unmut bringt und Brüche in der Tradition des Wohlbefindens, die Ich ständig Mir zugute halte. Tristezza ist nicht Meine Sache, wo so viele graziöse Blümchen und Belustigungen, Raritäten, Preziosen, Lieblichkeiten und Geselligkeiten Meinen Wegrand zieren.

Wolle du und sei so heiter wie der volle Sonnentag, der Abenddämmer in der Gartenlaube und die Sternennacht im Paradies des seligen Sich-

Vereinens mit der glückverheissenden Natur. Ich schwärme und der Schwarm erhebender Gedanken fliegt geflissentlich dem Himmel zu, um Meine Welt in aller Form und Freundlichkeit mit dem Unendlichen zu versöhnen.

So liegt nicht brach, was Mir zu pflegen aufgegeben und dergestalt muss sich das Wort erfüllen: Ich Bin der wahre Wirt und die bezaubernde Frau Wirtin aller guten Gaben, die da sind und Wonne und Begeisterung verbreiten, und Ich mach es Mir zur Pflicht, sie zu ergreifen und damit auch ergreifende Momente zu kreieren des Frohlockens an der Lieblichkeit des Lebens. Sei überzeugt von der Grandezza allen Seins in wunderlichen Tiefen wie in meisterlichen Höhn, in denen Meine sakrosankte Würde sich verbreitet und Mein Sinnspruch lautet: Werde und sei lauter und gerecht, gutmütig, gläubig und verschwiegen, dann werden deine Sterne nimmermehr vergehn.

2.13
Immense Fördermengen sind aus Meinem Werk der guten Hoffnung still und meisterlich hervorgegangen. Immer war Ich da, den guten Geist zu pflegen und Mein Eigentum zu hegen in der Schöpfung sagenhafter Disposition und feierlicher Wehrkraft allseits und besonders auch in dir.

Ungezählten Mauerblümchen habe Ich den Schliff und die berühmte Seinsbeständigkeit ins Dasein mitgegeben, um in Schlichtheit und Gerissenheit zu überleben, ohne dass sie selber wussten, was mit ihnen jahrelang geschah. Wie viele päppelte Ich auf, liess sie erblühn und ohne dass ein ander Auge als das Meine ihre Schönheit sah und liess sie dann in ihrem Herbste wieder fahren. So auch dich mit deinem Anhang und Gewinst, dem siebenseligen

Selbstvertrauen und mit allem, was du Bist, bis auf die Art und Weise, mit der du deinem Ansehn neuen Glanz verleihst im lässigen Polieren.

Lass Ich dich dereinst von dannen gehn, wird kein Jota deiner Kunst zu leben und dir Schneid und Schmiss zu geben, ausgestossen und verloren sein. Denn jede deiner Regungen, Bewegungen und Liebesseufzer ist so treu im Weltgedächtnis registriert, dass dein Bewusstsein einst bis auf die allerletzte Silbe alles wiederholen kann, was du im Leben äussertest im pausenlosen Dich-Verspielen.

So hinterlässest du beständig eine Flut unsterblicher Gedanken, die dich, wenn du ruhen möchtest, überrollen und wenn sie misslich waren, Angst und Unmut dir erregen.

Bitte nimm es Mir nicht übel, doch Meine Sage hat System und führt dich durch das Leidige zum Besseren in deines Denkens und Empfindens Grossgewühl. Hast du dir jemals überlegt wie viel von Mir in dir herumschwirrt und dich anspornt und besänftigt je nach der Erfordernis, die sich ergibt aus Meiner Weltendisposition und Meinem universenweiten Seinsgehaben? Es ist ein aberwillig Werk, das Ich in dir betreibe und an dessen Rand du selber dich herumtreibst, als in Mir und Meinem kraftversprühenden Agieren. Eins mit allem sollst du sein und dich erfühlen ganz in Mir geborgen und von Meinem Weisesein ins Ewige geleitet: friedevoll, gezähmt, hellwach und wunderbar.

2.14
Mysteriosum humanum in dem Fall, wo Ich so tief hinuntertauche, dass Ich nicht mehr wissen kann, wo's langgeht oder links und rechts, hinauf und tiefer noch in Abergründe des Entsagens. Da bedarf

es aller Meiner Klugheit und Geschicklichkeit des Navigierens nach Gefühl und Seinsvertrauen, um Mich lichter werdenden und wärmenderen Zonen unter Freudentränen seliglich zu nahn. Schon winkt die freie Wallstatt wieder in den Sphären reiner Unerschrockenheit und Gläubigkeit am Wunder, das Mir ist geschehn. Von Engelsang und Harfenklang umgeben, gleite Ich ins magistrale und bezaubernde Bewusstsein der Verklärten an der Sache Gottes, die seit eh und je das Höchste ist für den herzinnigen Elan.

Gönne dir, was Ich Mir gönne, sag Ich deinem Seinsempfinden gütlich an und erwärme dich für das, was Ich Mir Bin in der Gesellschaft der Heroen, siebenmal gekrönten Häupter, Heiligen und im Unendlichen-bekannt-und-heil-Gewordenen in der dezenten Plausibilität von Gottes Gnaden.

Was Ich von dir will, das tue dir auch an und brumme nicht ob dem noch unverständigen Befehl. Bald wirst du ihn begriffen haben und erfreut, erlöst und heiter sein ob der genialen Wendung, die Ich an deinem all so menschlichen Geschick vollzogen. Trachte danach, Meinem Weisesein auch nur ein Quentchen abzulauschen, um das Deine allsogleich um ein Erkleckliches und Vielgelobtes zu vermehren. Bewahre dich für immer in der guten Absicht, Mir zu dienen, damit die Prophezeiung sich erfülle: Gross ist der Herr und gross ist alles, was ihm Ehre und Bewunderung, Entschiedenheit und Unterwerfung angedeihen lässt. Denn nur im Einen kann Mein Werk gedeihen und im unerbittlichen Gehorsam sich gedeihlich auch vollziehn.

Preise Mich als deinen Retter aus dem düsteren Verlies und setz dich allsogleich an Meine grüne Seite, wo die Musikanten Zimbeln schlagen und zur Laute Liebeslieder singen, so gekonnt und wirklich wie im schicklichsten Roman.

Alles reift zur rechten Zeit zur vollen Blüte still heran und so auch du als Teilstrich Meiner zärtlichen Gebärde an der Welt der Myriaden Wesen Meiner Schaukraft und Idee. So fühle denn auch du dich hochbeglückt in Mir und Meiner kapitalen Seriosität im einzigen Geschäft, das Ich voll Verve betreibe, dem des Seins in wunderbarer Eintracht mit Mir selbst und damit mit den Vielen, die zuinnerst seinsverwandt geworden sind und selig, sanft und süss im Seelensein von Meinem Vorbild und Vollenden.

2.15

Wer ist am eignen Glück gereift, das ihm die Wege ebnete und alles in bewundernswerte Bahnen leitete in seinem Sein und Vorwärtsstreben? Ich allein, denn alle andern Wesen, sonderlich der Mensch, sind erst durch Ungemach, Entbehrungen, Verzicht und Schicksalsschläge innerlich stabil und gross geworden. Erringen mussten sie ihr Glück in unerschütterlicher Seelenpflege durch ihren Fleiss und ihres Hoffens Feuerwerk auf fabelhafte Zeiten, die schon, Einlass heischend, ungeduldig und grazil an ihrer Schwelle stehn.

Woher kommt wohl die Diskrepanz und das Gefälle zwischen deinem anspruchsvollen und gestrengen Seinserleben und dem Meinen, das sich in allerfüllender Glückseligkeit dahinzieht durch den ewigen Frühling himmlischer Äonen. So ist es, weil Ich wachenden Bewusstseins wissend Bin darüber, dass Ich Bin das alles überragende, im ewigen Sein verankerte, omnipotente Wesen der Allherrlichkeit, derweil du Meines Anhangs Zierde bist und Zagen, Meines Schöpferwillens tastender Versuch und Meines Aufwalls seelenblind geborener Galan.

Was sollst du tun? Voll Ruh erkennen, dass du Bist unweigerlich in ein gedankenvolles, allerfüllendes und gütestrahlendes Idol der Unerschöpflichkeit gebettet, das im letzten Resume dich selber ist im allerwürdigsten Gehalt, Beginnen und Gehaben. Ja, dann beginnt die Seinsepoche deiner wahren Wirklichkeit als Sein und Sinngebet in deinem Leben.

Durch Mich bedingten Herzensfrieden will Ich nennen, was dich dann beseelt und was der Mühe wahrlich Wert ist zu erringen und besingen, vor deinem Sinnen aufs Podest zu heben und in langgedehntem Zuge zu erleben: freudevoll und licht und morgenschön.

3

Leise lockender Gesang

3.1

Leise lockender Gesang, Gutmütigkeit und glasklar moduliertes Seinsgedankenspiel sind Attribute Meines Wesens, die auf die Verwirklichung von Harmonie, Holdseligkeit und liebevolle Seinsbewusstheit zielen. Ich Bin Mir, was Ich Bin in einer Art und Weise, die Mein Wohlgewissen und die Schönheit Meiner Seinsgedankenzüge aufs Allerfeinste offenbart.

Ich lasse Meine Weltenzeit mit unnachahmlicher Geduld verstreichen und befleisse Mich, dem Wort zu dienen das da heisst: getröstet sollen alle sein, die Mir voll Sehnsucht ihre Referenz erweisen und damit beweisen, dass sie die Gefälligkeit und Schlichtheit Meiner Geistnatur zum vornherein und ganz entschieden akzeptieren.

Gott überwaltet, was da ist, bedenken sie und treten damit in den Stand der Demut vor dem Allgewissen, das Ich leichterdings und lächelnd, minutiös und majestätisch angesetzt repräsentiere. Den lieben langen Tag versinne Ich Gedanken, welche der Veredelung und Fruchtbarkeit, Bekömmlichkeit und Wohlgemutheit Meiner Weltenschöpfung dienen. Nicht die geringste Spur von Resignation und Reue, Rachsucht, Spott und Furcht kann Mich befallen, wenn Mir noch so vieles, was Ich frohen Sinns inaugurierte, lasch zuwiderläuft, indem es glaubt, der Hilfe Meines Wohllauts, Rats und liebevollen Seinsgesellentums nicht zu bedürfen. Nicht locker lasse Ich, bis alles seinen Weg des Reifens und des wunderbar begeisternden und lichten Auferstehns gegangen ist in Meinen Gründen, wie in Meinem Mich-Beglaubigen in ihm.

Gekonntheit und Gerissenheit von Gottes Gnaden ist ein Universenspiel, das Ich mit Vehemenz und vollgespannter Willenskraft betreibe. Ich scherze nicht, wenn Ich Mein Potential als unermesslich reich und rüstig, unzimperlich und machtvoll deklariere. Nur eine Spanne noch und du wirst allen Schneid und Charme, die lockere Behutsamkeit und generöse Weitsicht Meines Wesenseins erkennen, lieben, schätzen und verehren lernen, um der Resolutheit Willen, mit der Ich in dir Meines Seins Philosophie und Fabelhaftigkeit vertrete.

Spinne nur und spinne du Gefühle und Verästelungen deiner Motivationen. Immer sind es Meine, die in richtungweisender Beflissenheit, Gerissenheit und Synergie mit allem, was da ist zum Einsatz und Vollzug gelangen. Ich trichtre ein und lasse dich nur Gutes von Mir sagen darüber, wie die weissen Schwäne ihre holden Ehrenkreise ziehen oder die Geliebten Meiner lauen Lüfte lässig ihren Wirbeltanz vollführen.

Na komm schon, will Ich traulich sagen, es geschieht dir nichts, wenn du in Meiner Unerschöpflichkeit und Gleichmut Grube fällst, denn du wirst allsogleich und munter wieder aus ihr auferstehen im Erkennen, dass du Bist ein Sein von unverwüstlicher Beharrlichkeit im Ewigkeitsgeflüster, das dir innewohnt und das den Glanz begründet, den Ich aller Schöpfung ins Gewissen schrieb. Du Bist und wirst es sein in nie verebbender Holdseligkeit und Wonne, Wohlgestimmtheit, Harmonie und Grazie an dir selbst, die alles überwiegen, was dir je geschah und denen Ich in Meiner Wohlgesonnenheit und göttlichen Gewähr nichts beizufügen habe.

3.2
Auf einem tänzelnden Pferd sitzend, benötigt der Reiter Geschick und Unverfrorenheit, Geistesgegenwart und kühles Blut, um Herr der Situation zu bleiben und Beherrscher der Gefahr. Sinnbild

fürs Leben nenn Ich, was in diesem Fall geschieht. Wie rasch kann sich das Blatt gewendet haben und du sitzest wie auf einem feurigen Vulkan, bestrebt das Unheil abzuwenden und erneut der ruhigen Bestimmtheit und Gelassenheit zu pflegen.

"Vaya con dios my darling", heisst's im Liede und "geh mit Gott" soll's auch für jeden heissen, der da in der Tinte sitzt und weder aus noch ein weiss auf dem Gipfel seiner Nöte.

Wer fasst die Lebensszenen Aller in der Welt bewusster und beharrlicher in eins zusammen, als gerade Ich, omnipräsent der Weise, Wissende und Gütige in wunderbar gesättigter Regie. Du staunst, derweil Ich walte und erhalte, den Einen zart und liebevoll umfange und dem Andern tüchtig auf die Zehen trete. So ists, um Ausgleich und Bewegen, Dankbarkeit und Heldenmut zu schaffen in der Myriadenschar der Menschen.

Gewiss sei, dass in Mir und Meines Seiens Sinn und Süsse allen Förderung und Wohlfahrt widerfährt, so wie es sein soll nach der Wogenhöhe des Vertrauens, das sie Mir entgegenbringen und der Sehnsuchtskraft nach Lauterkeit und Liebe, Herzensgüte, Heiterkeit und Heiligung, die sie beseelt.

3.3
Unendlich weite Andacht reinen Schweigens ist Mein Sein in der Glückseligkeit der Göttersphären. Licht und Lobgesang ist alles, was Ich Bin in nie verebbender Bravour im Wunderbaren. Einsicht und Begreifen nähren unentwegt die Heiterkeit und Wohlgefälligkeit, in der Ich wese. Wachheit überirdischen Gewahrens sättigt Mein Bewusstsein mit der Fülle unermessner Lauterkeit und seelenvollen Friedens.

Mir ist ein Herz aus Sonnenlicht und Traulichkeit des Alls gegeben. Eine Weisheit, die sich ausspricht in der Wohltat liebestrahlender Gedanken, derweil sie Meinem Wollen allerzärtlichstes Gefühl verleiht in wundervollen Zügen.

Allem Reingewordenen Bin Ich der Hort der Heimkunft und das All der Gnade, die dem Seinsgerechten zusteht. Wohlbereit und innig lass Ich das Verklärte in Mir ruhn und verleihe ihm die Grazie Elysiens in den Gefilden seligen Frohlockens und beseligender Harmonie.

3.4
Al dente sei, was du dir so genehmigst an Gekochtem, ebenso wie an Gelesenem, damit du den Biss deiner Gedanken an ihm schärfen und schulen kannst. Der Sinn der anspruchsvollen Schrift ist eben nur mit Willensstärke und Beharrlichkeit aus ihr heraus zu destillieren. Hast du erfasst, um welchen Mittelpunkt die Dinge sich herumbewegen, so ziehst du deinen Nutzen erst daraus, wenn du auch tust, was dir geboten wird in weisem Aneinanderfügen des gedanklichen Kalküls. Schrittweis, schluckweis sollst du besser werden in dem Fach der Seinskultur, das Ich dir mit auf deinen Lebensweg gegeben. Beinahe müssig ist es, dir ins Herz zu legen, dass der Fluss der Zeit von dir Entschiedenheit verlangt für das, was wesentlich und klug und ratsam ist, derweil das Bockige, Banale und Beschämende verbannt sei aus dem Feld deines Erwägens.

Komme, was da kommen will, Ich stehe dir zur Seite als dein innewohnender Gespan und als die Quintessenz deines Gehabens. Nur zu horchen und gehorchen brauchst du, um dem Witz und der Wahrhaftigkeit des Zeitlichen gerecht zu werden, als in Meinem Neste ausgebrütet und von Mir aufs Feinste ziseliert und in das Ganze einer Welt von Anmut, Schönheit und Bewusstheit eingetragen.

Was dir immer gross und feierlich, bedeutsam und erstrebenswert erscheint, soll dich zur Tat und zur Befördernis bewegen. Der erste Schritt dabei ist schnell getan, doch siehe zu, dass diesem alle andern bis zum hochgesteckten Ziele folgen. Ich wappne dich und weiss dich zu beschützen in der Not, getreu dem Wort: Ich Bin bei dir zu allen Zeiten und Begebenheiten, lächelnd, resolut und stets bestrebt die Gottesflamme in dir aufs Entschiedenste zu hüten. Jeder Sorge bar, lass Ich dich durch die Freudentage ziehn, die Ich dir vom Erscheinen bis zum Seligsein bescher. Schreiten sollst du auf der Spur und Flur von Meinem genialen Sinnkreis des Erwartens eines Mehrwerts aus den eingesetzten Mitteln, einem Welttriumph entgegen. Lächeln wirst du Meinem zu in allen deinen Angelegenheiten, die von Meiner Schicklichkeit und Eleganz, Bedachtsamkeit und Achtsamkeit durchtränkt sind, um dich schliesslich zur Erkenntnis Meines Seins in dir emporzuführen. Ja, du wirst darin geborgen sein, wie's Küken in der Schale und wirst bald darauf das Freisein in dem Lichte der Allherrlichkeit geniessen. Komm und trau und trachte nach der überirdischen Besinnlichkeit, die erst dein wahres Wohl und deines Seins Holdseligkeit begründet, jetzt und in der Majestät und Glorie, Beglückung und Erhabenheit des Ewig-Wunderbaren.

3.5
Vaterwürden sind besonders dazu angetan, Familiengeist zu pflegen und, was gemeinsam ist, zu fördern und emporzustilisieren unbedingt zu aller

Seligkeit und Wohl. Zu glauben, dass Ich anderes im Sinn und Köcher trage, wäre ja absurd und liefe allem, was Ich bisher offenbarte, unbedingt zuwider und würde gegen das Prinzip der liebevollen Anteilnahme und Gewissenhaftigkeit verstossen.

So darfst du dich getrost in dem Gedanken wiegen, dass Ich alles, was Ich tu´, zu deinen Gunsten inszeniere und dir ohne dringenden Bedarf kein Härchen krümme in der Laufbahn, die Ich sorglich und bewusst, befördernd und beglückend vor dich hingelegt. In Siebenjahresplänen führ Ich dich den Berg der Gottesweisheit liebevoll hinan und unterweise dich in allen Fächern, die dich fähig machen, meisterhaft und nonchalant, gerecht und sittsam in der Lebenskunst zu avancieren und in jeder Sparte deines hoheitsvollen Wirkens Wohlbewandertheit und Sinnkraft, Seinsgeduld und Generosität zu offenbaren. Was willst du mehr, als dich in Meiner Hemisphäre reinen Glücks und überragenden Genies gesichert und gewappnet gegen alle Unbill eingefügt, willkommen und gehegt zu wissen, als ein hochdotierter Akrobat der Wohlbekömmlichkeit und philanthropischen Gerechtigkeit am Sein und Leben.

Dringend rat Ich dir in diesem Sinn: Gemeinschaft, Fortschritt, Duldsamkeit und Liebenswürdigkeit zu pflegen, damit sich dir die Herzenstüren öffnen und der Gang in alle Menschentiefen, feierlichen Zeremonien und Götterparadiese zum wahrhaftigen Triumphzug und zur gloriosen Wallfahrt in Mein Reich gerät des absoluten Friedens und der wunderbar beseligenden Harmonie.

Ich wiederhole Meinen Lockruf: "Komm nun schon" zum x-ten Male und "beeil dich Meine Dienste und Gewinste anzutreten in der hehren Hoffnung auf Bestätigung der Werte, denen deine Sehnsucht gilt und die dich schliesslich mit der Fülle der Glückseligkeit betauen, hell und heiter, liebelicht und klar."

Bin Ich dir der Vater, bist du offenbar Mein Sohn und eine Meiner Töchter, an deren Glanz und seelischem Geschmeide Mir wie nichts gelegen, denn sie alle sollen sich als Bräutliche an Meinem Hof zusammenfinden, um die Andacht der Allherrlichkeit zu feiern wie sie immer vorgesehen und in Meinem Plan begünstigt war.

Hebe deine Augen zu den Bergen auf, will Ich hier sagen und lass den Blick hinüber in den Horizont der Himmelsweiten fahren, wo zutiefst Verbindendes geschieht im Geist der Einheit allen Seins und aller Wesen, denen Ich Gevatter, Pate, Createur und Seinsgeliebter Bin in einer Innigkeit und Treue ohnegleichen. Wenn du's nur vertrauensvoll beglaubigst und erfährst: Ich Bin in dir, was niemand anders sein kann, der Gefällige von Gottes Gnaden und der Eingeborene des Lichts und der Geselligkeit in allen Variationen linder Zärtlichkeit und sakrosankten Seinsbelehrens. Alles ist so gut und süss in Meinem Dich-Umfangen mit dem Garn der Güte, die Ich alleweil im Herzen trag, allwie mit Meiner Sonnenstrahlkraft als dem Wesen der Gottseligkeit in dir.

Amen lass Ich dir aus Fröhlichkeit und Freiheit, Poesie und Makellosigkeit erklingen und betupfe dein Begreifen mit dem Seim der Hingegebenheit an eine Welt, die ist und in Wahrhaftigkeit erblüht, so wie es immer wundervollerweise war.

3.6
Über Grösse lässt sich trefflich streiten, doch Mein Weltbild fasst nur der in eins zusammen, der sein Bewusstsein in dem Meinen in die Universumsweiten setzt und demzufolge alles in sich trägt, was vordem

ausser ihm zu sichten war. Das ist nun eine Qualität des Seins, die jedem zu erreichen anempfohlen ist, der will sein Menschenbild zu einem Gottesbild erheben. So Gereifte sehen sich in ihrem Seinen winzig klein im Stofflichen und aberwitzig gross im Geistesfelde, das das All umfasst mit allen Sanktuarien und seligen Lebendigkeiten in Elysiens erstaunenswertem Schoss.

Mit Mir ist nicht zu spassen, wenn Ich auf Bedeutungen zu sprechen komme, die Mir innewohnen und die Meinen fabelhaften Glanz begründen kosmisch makellosen Flutens. Ich zähle nicht bis drei, bis dass Ich Meines Daseins Raum durchschossen und durchmessen habe. Reiner Leidenschaft Gedankenströme sind's, die Ich in Mir allüberall versende, um Mich zugleich hier und dort in Galaxienwirklichkeiten zu ersehn. So definiere Ich Mir, was Ich Bin, in einem seinsglückseligen Resume der Güte, die Ich Meinem Hiersein schuldig Bin und die gewiss ein jegliches betrifft, das in Mir seine Stätte und sein unermessliches Gewahrnis findet: einig, ebenmässig, radikal und magistral in Mir und Meinen Seinsdimensionen.

Schöpfe du und schöpfe Weisheit, Weitsicht und Erhabenheit aus dem, was Ich dir so besage. Trachte nach der Harmonie des Himmels und verbreite Meine Nachricht als die Deine allen zu, die hören wollen heitern Sinns und hellgefiederten Bewusstseins in den Sphären Meiner Wohlbekömmlichkeit und Inbrunst, Herzlichkeit und wunderbar gesegneten und liebelichten Ruh.

3.7
Willfährig Kind: ein grosser Segen für die Welt und eine Schule für das Wesen, das es ist in Meinem machtvoll aufgezog´nen Lebenskindergarten. Alle

Wege sind dir offen, doch nur einer ist der ideale, der in schnurgerader Linie Meinem Königreich entgegenführt. Nichts nützt es dir im Grund genommen zu mäandern, Zeit und Kraft verschwendend, auf der Fahrt ins Ewige, der alle unterworfen sind in allen Regionen Meiner Wirksamkeit und sonnenklaren Diktion.

Benimm dich wie ein Kind dem Vater gegenüber, dem du Achtung und Gehorsam schuldig bist und der dich bis zur Freiheit deines Handelns sanft und sicher, seeleninnig und galant emporführt in bewusster Resonanz auf dein so seinssensibles Sehnen und Betragen. Immer kannst du Meiner Gegenwart in dir gewiss sein, weil das Allumfassende nichts auslässt in der herzbewegenden und ewig wirkungsvollen Therapie für seine Bürgen und beglaubigten Vertretern seines universenweiten Rauschens, Tauschens und Befehls.

Du lernst nie aus, solange bis du Meinem Sein identisch bist geworden in der Unbekümmertheit und sakrosankten Selbstbewusstheit deiner Züge. Dann ist es deines Schicksals glorioser Abgang - keines mehr zu haben, weil du im Unendlichen in seinsvollendeter Glasur und Güte, Rechtschaffenheit und Grazie des Intendierens deine Sinnkraft nimmermehr verspielst und deinen Adel nimmermehr besudelst oder im Gefahrbereich spazieren führst.

Ich Bin, und Bist auch du, so sind wir in die einige Gottseligkeit verschmolzen, sind eines einzigen Gedankens Wehrkraft und Kalkül: Nichts weiter als der Inbegriff des Weltenideals zu sein in der Allherrlichkeit der Göttersphären.

So nütze denn die Erdenkinderfahrt zu dem alleinen Zweck, das Höchste zu erreichen, das da ist und das dein Seinsfrohlocken anfacht: lind und leicht, behutsam und besorgt, allmütterlich und liebevoll in unnachahmlich herzensgutem Sonnenstrahlen.

3.8
Tu´ nicht so, als ob in dir kein Seufzen und Rumoren wäre, wenn dir etwas arg zuwiderläuft im Wahlkreis deiner prächtigen Ambitionen. Unter Tränen sollst du deinem Brot den Biss verpassen, hab Ich dir gesagt und du glaubst immer noch, du könntest dich um die plausibelsten Gesetze drücken, die Ich in das Menschenweltentum gelegt.
Auf allen Ebenen des Seins will Ich mit unbedingter Souveränität den Fortschritt und der muss errungen werden unter Zug und Druck, gestalterischem Können, Genialität, Geduld und Unnachgiebigkeit. Wieviel Blut, Blamage, Widerspenstigkeit und Peitschenknallen muss darüberschiessen, bis in den Lebensdingen Aufschwung und Beförderung geschieht und damit Herzensfreude und Befrieden. Verzage nicht an dir und deiner Welt, will Ich hier sagen, denn es kommt die Stunde, wo der Tränenfluss versiegt und deine Freude Macht gewinnt im Anblick der Errungenschaften, die dein Werk sind ebenso wie Mein's in dir und deinen Ahnen.
Erkennen sollst du, wieviel Wohlverstand und Sinnkraft, Seriosität und Einzigartigkeit Ich pausenlos in Meine Lebenswelten trage. Unbeug-samen Willens walte Ich in Mir und Meinem Anhang, um dem Schönen seinen Reiz und dem Königlichen seine Würde zu verleihen. Ich trete kurz, wo die Gefahren dräuend Mässigung verlangen und schreite rüstig übers freie Feld der Kühnheit in des Wagens meisterlichem Stil. Bajadere und willfährig Kind sollst du Mir sein in der beschwingten Ausfahrt allweit, die Ich zügig unternehme, um des Seins-

triumphes Willen, den Ich Mir durch aller Zeiten Weh vor Augen halte, siebenselig, feierlich und wunderschön.

3.9
Im Regelmass des Seins zu stehn, stellt alle Weltenwunder und verwunderlichen Lebensgesten mühlos in den Schatten in Bezug auf Folgerichtigkeit, Kontinuum des Wachsens, Willensstärke, Admiralität und würdiges Benehmen. Was macht es aus, dass Ich so Bin in allen Funktionen, Wägbarkeiten, Unbekümmertheiten, Raritäten und Erhabenheiten Meiner meisterlichen Kür? Weil Ich Mein Selbst-Bewusstsein in die höchsten Regionen stilisiert und hochgetrieben habe. Was geschieht dir nun, wenn du dasselbe unternimmst und anfängst, Meinem Duktus und Final aufs Allergründlichste zu gleichen?

Kummerlosen Sinns seh Ich das unwahrscheinlich Schöne sich vor Mir entfalten allweit in der Generationenzahl der Wesen, denen das Vollendete zu schaffen unbedingt am Herzen liegt. So mehrt sich Meine Fülle durch die Phantasie der weltentragenden Gewalten, die von Recht und Sicherheit, Bewusstheit, Seinsgelassenheit und Liebe was verstehn. Komm in Mein Haus der hunderttausend Sphären und erquicke dich am Wohlverstand, den sie versprühn. Sie wollen alle, alle Mich beehren und immerwährend Meiner Herzlichkeit entgegenglühn. Erfasse, was sie dir bedeuten und sei in ihrem Sein Mein Ideal; dann werden dir die Freudenglocken läuten und alles Liebenswerte strömt dir zu nach freier Wahl. Das Ewige strahlt dir wie von tausend Sonnen Seelenwärme und Glückseligkeiten zu und in ihm findest du, zutiefst versonnen, dereinst auch

3.10
Ich Bin in dir der Einzige, der *ist* und dessen Rundung, Grundung und Gewähr fürs Redliche und Heile unermessliche Gedankenläufe zeitigt in den völkerreichen Weiten Meiner Allnatur.

Erschaffe du das Meiner-Art-Gemässe ohne zögern Tag für Tag in deinem Reich und Reichtum sagenhafter Wirklichkeiten, deren Wesensgrund Ich Bin seit Anbeginn der Zeiten. Mach es dir zur Pflicht, das Hochgerichtete und Himmelstrebende, Befreiende und Makellose mehr zu lieben, als das am Boden kriechende Gewürm der Niederträchtigkeit und Tücke weltlichen Gehabens. Zeige dich gewappnet, allem Minderwertigen, Versucherischen kraftvoll und entschieden, seriös und seinsbewusst die Stirn zu bieten, dass kein Jota einer Minderung dich überkomme, mitten in der Schar der wankelmütigen Gesellen, die von Meiner segnenden Natur nichts wissen wollen.

Merkst du dir, was Ich dir so besage und befolgst es, verwandelt sich dein Wesen mählich zum Beständigsein im Guten und zur Gläubigkeit an Mir. Unmittelbar und kraftvoll biete Ich dir im Gezirpe deiner Ambitionen Hilfe an und vermache dir Mein Trostwort in der Stunde des Versagens.

Immer Bin Ich deines Seins Begleiter und befördernder Gespan in allem, was du wacker anpackst und vollendest, dich mit Ehre und Gewinst zu überschütten: machtvoll, seidenweich und seligmachend, sanft und glorios.

3.11
Hypochonder haben keinen Platz in Meinen Räumen und Begünstigungen der Natur. Sie lieben nur sich selbst und zählen auf, was ihnen fehlt, derweil sie wirklich alles haben, was zu einem

Leben in Vernunft auf frohen Wassern nötig ist in ihrem Trachten und Bestehn.

Was wahrlich Not tut, ist ein breit gefächertes Gewissen von der Welt, in der du dich bewegst und deren Seim und Süsse du nur kennen kannst, wenn deines Wünschens Spanne dahin zielt, ihr gut zu sein aus deines Herzens Anmut und Begehren, deines Wollens Siegeskraft, wie auch des lächelnden Vergebens deiner hoch willkommenen Talente, Seinsbegriffe und Errungenschaften an ihr Sein und Leben.

Aus dem liebevollen Dich-Vergeben resultiert ein stets umfassenderes und erhabeners Bewusstsein von den unsichtbaren Kräften, die die Welt regieren und negieren, auferstehen lassen und auf jede Art begünstigen im Fortschritt und Gedeihen, das Ich ihr gewähre. Makellosen Sinns begleit Ich alle ihre Bürgen durch die Wege ihrer Wahl und hoffe auf Veränderung und Hochfahrt, Sublimierung ihrer Triebe und Verdichtung ihres Seingewissens all so weit, bis sie sich als von Mir Gesegnete und Wohlgeborgene in ihrem Glitzerwerk und ihren Gauen sehn.

Es ist das grösste Glück der Menschen, zu erkennen wie verheissungsvoll und tatenträchtig, virulent und liebevoll Ich Meinen Einfluss geltend mache in dem noch so wenig selbstbewussten und besonnenen Leben, das sie führen. Werte du, was von dir kommt und was von Mir und konstatiere, dass dein Scherflein wie ein Stäubchen wiegt der Grosstat gegenüber, die Ich lebelang an dir vollbringe mit bedeutendem Geschick und friedevollem Dich-Umströmen.

Merkst du's, sag Ich: So gefällst du Mir und stellst dich mählich in die Reihen der vom Sein zu einer Schau von allumfassender Befindlichkeit Verklärten. Du gewinnst, was schon an dich verloren schien und gehst auf eine Reise, welche herrlicher und seinsbeglückender nicht sein kann in der weiten, lichten Aura der Allgöttlichkeit, die Ich aus freien Stücken und Manieren, Regelmässigkeiten und enormen Willensakten überall verbreite. Meines Webens und Vergebens meisterliche Duldsamkeit und Überlegtheit kommt dir alleweil zugute, wenn du nur dich öffnest in der Stille, um schlussends Gestilltsein zu erlangen in des Seelengrundes Richtwert und Manier.

Der Angelpunkt der Welt Bin Ich und wenn du deiner Äusserungen Vielzahl treu und mutvoll nach Mir richtest, kann dir nichts Ungebührliches und Schädliches geschehn. Du blühst und duftest wie die Blume Wunderbar in deinem Dich-Begründen und erlebst dich als ein Seliger, Gefeiter und Gewappneter, Beglückter und Befreiter in der Weise des gehörigen Vollendens deiner unerhört dezenten und ereignisvollen Kür.

3.12
Erlange Zwiesprach mit dem Sternenraum, will Ich gemeldet haben, denn ihm gehörig ist das Heil und Heldentum der Weiten, Zeiten und Gegebenheiten Meiner Weise zu bestehn. Am Kreuzweg der Unendlichkeiten trifft man sich zum Stelldichein der Himmelssphären und entfaltet dort in Weisheit und Gelassenheit Gedanken, die die Welt verändern als gesponnen und ersonnen an der Wiege des Bewusstseins, deren sinniger Gestalter und Verwalter Ich seit Urzeit Bin, indem Ich Mich in ihrem Wirkkreis eingemittet habe.

Wer, was Ich Bin, erlebt, gewahrt sein Sein in überaus gefällig, übersinnlich und galant getinktem Selbstgenügen. Es ist die volle Losgelöstheit von der Erdenschwere, die da mitspielt in der abergrossen Koalition der Geister der Erhabenheit von Meinem Rang und Namen.

Mein Wert ist allen Wertes Ursprung und Gedeihen und vermehrt sich unablässig aus der Fülle dessen, was Ich Bin und was Ich dauernd Mir gewähre. Mit leichter Hand vollziehe Ich, was Meines Sinns Gelüste sind an Mir und meistere den Drang, Mich dort zu überfordern, wo Verhalten angebracht und Innehalten statthaft wäre. Ich reize nur, wo sich die Anmut durch den Anstoss reizend auch bewegt und hülle Mich in Schweigen, wo Unsägliches mit Mir geschieht.

Leise taut, was in den Winkeln Meines Seelenseins despot und starr geworden war und fliesst dahin in Reuetränen, denen bald die Freude folgt am wiederauferstand'nen Leben. Was Ich Mir vom Taggeschehn bewahre, zeitigt Heiterkeit und Herzensfrische, Frohlocken über die bestandene Gefahr und, nach dem Aufwall, Frieden, den allein das Überirdische gewährt in samt'ner Sanftmut, Treue, Wohlgemutheit und unendlichem Bewähren.

3.13
Lerne Schweigen und du bist ein Star der hunderttausend Möglichkeiten, dich zu äussern, als in Mir und Meinem Herzensgluten. Aus der Fülle, in die Fülle sollst du segeln im erfüllten Menschentum von Meinem Sang und Sagen. Geradezu vernarrt in deines Ich-Seins Kapriole, spürst du darin Meiner Gegenwart Idol und Meines Weltenabenteuers Fluten.

Im Nahsein locke Ich aus dir die allerbesten Werte und Befindlichkeiten, die dir innewohnen und entzünde und entzücke dich an dem, was Ich Mir Bin im All-Gemach der Geistessphären. Wahrlich, wahrlich ist Mein Haus allein die Stätte des

Befriedens deiner Seelenstürme und Verirrungen am Weltensein und Leben. Du bist nicht, was du meinst zu sein, solange, bis du Meines Richtspruchs und Geflüsters inne wirst in dir. Des Universenseins Erkennen soll dir aufblühn und dich stärken für den Tag und für die langen Nächte, die dich lehren, Mich zu suchen und zu finden im Allhier.

Ministrant, Minister und Matrose Meiner Schifffahrt sollst du werden auf der hohen See der aufgewühlten Leidenschaften, wie der wunderbar gestillten Elemente, die dein Wesensein entzücken und dir traulich werden als Geschenk von Mir. So ist alles, was Ich Bin, aufs Innigste mit dem verschlungen, was du eh und je dir sein kannst in der Mitte Meiner Gnaden. Mach dich nun auf ins Auditorium der Weiten, wo die Lobgesänge der Verklärten Jubel, Andacht und Bewunderung verbreiten, wo Ich Bin und wo Ich Meine Lebenszärtlichkeit aufs Liebevollste und Holdseligste verspiele.

3.14
Weltendinge zu verstehen geh Ich aus und kehre mit der Fülle allen Seins gewappnet in die hehre Heimat wieder. Du magst es glauben oder nicht, es gibt nichts Hocherhabeneres und Erbaulichers zu akquirieren, als des Seins-Bewusstseins Elegie, der Ich weder etwas beizufügen, noch schicklich zu entfernen habe. Weiter geht's mit Loben und Verherrlichen des gütigen Geschicks nicht mehr, das mit einem Meisterzug Mir alle Tore öffnet zur Erkenntnis der Allherrlichkeit der Sphären, die im Rufe des unendlich Preziösen und elysisch Aufgemachten stehn.

Was Wunder, wenn die grössten Geister unentwegt versuchen, diesem Staatsgeheimnis auf die Spur zu kommen, um damit ein Mittel zu gewinnen, wie die sämtlichen Probleme dieses Weltenseins und Weltenscheins gelöst und einem glückerfüllten Ende zugehalten werden können.

Nicht umsonst sind in der Menschheit die Begriffe Seinsvertrauen, Urkraft, Gottesdienst, Verklärung und Holdseligkeit Elysiens entstanden, denn sie alle nehmen Fährte und Bezug auf was zuallererst und allerliebst vorhanden war. Es ist das Medium unendlichen Erwartens und sich selbst Begreifens in dem absoluten Schweigen, das den Zustand des allherrlichen Gewissens modulierte, das da ist und das Ich Bin in alldurchdringender Manier.

Kein Jota ist an dem zu schröpfen, was Ich so besage und nur Unverstand und Tücke mögen sich erdreisten, solchen Seinserkennens Virtuosität, Wahrhaftigkeit und Virulenz zu kürzen oder zu negieren in der gängigen Kultur der Sach-verständigkeit und Gravität des irdischen Gehabens.

Mach auf, mach zu in der Begierde dessen, was du wissen möchtest noch von Mir. Es ist nur Zugemüse zu dem Hauptgang, den Ich dir kredenzt und zugemessen habe. Er möge dir für alle Zeit die beste Nahrung und Gestilltheit, Wohlgefälligkeit und Grazie bereiten, die es zu entdecken und empfan-gen gibt im all so traut geword'nen Weltgefüge. Mach es dir zur Pflicht, in diesem Sinne weder mehr zu wünschen als du sollst, noch um ein Quentchen weniger zu erwarten, als dir zusteht in den grandiosen Räumen des unendlichen Begabens. Geist vom Geiste soll es sein, was dich beseelt und Lösung über Lösung soll dich denn beseelen in der glückerfüllten Atmosphäre, die sich dir erschliesst. Licht vom Lichte will Ich nennen, was dein Seins-

Sensorium umschliesst und nenne liebevolle Zärtlichkeit des Himmels, die dich aufnimmt und entzückt gewahren lässt, was dir bevorsteht in der Glorie und Güte, Trefflichkeit und niemals übertroff´nen Harmonie des ewigen Genesens.

3.15
Der Vater aller Dinge mag dich, wie er will, benennen, immer nennt er selber sich beim Namen der Geschöpflichkeit, die er zur Wohnstatt sich erlesen. Du bist, indem Ich in dir Bin, will er dir sagen und bist Mein Abbild und zugleich Mich selber in der wunderbaren Seinssubstanz, die allem Urgrund ist und Wesen. Ich lächle dich beständig an und, lächelst du zurück, hast du begriffen, wessen Vaters Kind du bist in deiner Seinserkenntnis wie in deinen Komplikationen, die aus der Trübung deiner Sicht erstehn.

Ich lehre Klargesichtigkeit in Meinen Schulen und belehre dich des Besseren, das aus dir werden soll im Kampf ums Dasein und im Siegen über deine Neigung aufzugeben und den Dingen ihren Lauf zu lassen, ungezähmt und sittenlos nach Noten.

Hast du deiner Sendung Mahl und Strahl begriffen, wallt dein Wesens Abergründigkeit geradewegs Mir zu, um schliesslich ganz und gar in dem, was Ich Mir Bin und was du Bist, vollkommen aufzugehn. Ein Wesen, eine Wirrsal, ein beständig Hin- und Widerfluten ist dein Sein, wie Mein´s, im Richtmass der Gezeiten. Schau und schau genau zu diesem Punkte hin und verwandle all dein philosophisches Geplänkel in den einen Segensruf: Ich Bin und alles ist in Mir und Meinem Seinsbewusstsein innewohnend, seelenselig, licht und wahr. Tabernakel Meiner selbst Bin Ich, sollst du dir sagen und Erhabener der Sphären, die Mir alleweil aufs

Trefflichste zu Diensten stehn. Ich bade Mich im Einigsein mit den allweiten Emmanationen der Gestirne, deren Wohlfahrt Mir beständig und beharrlich, liebevoll und süss zugute kommt im Wirken um das Brot, wie in dem Lobgesang, den Ich ob der Allherrlichkeit und Würde Meines Wesens herzensfroh und sinnig intoniere.

Im Ringen um Beständigkeit und Einsicht makellos geworden, Bin Ich Mir das Ideal der Menschengöttlichkeit, die sich das Sein zur immerwährenden Begütigung auserlesen. Kein Abstrich, weder Zwang noch Unterscheiden sind in Meinem Kabinett der guten Dienste auszumachen, wo die Innigkeit und das all-einige Erleben und Erstehn holdselige Triumphe feiern.

Nun da Ich so im besten Sinne Bin, gerät Mein üblich Bild von Mir ins Wanken und zerfällt in eine Farce Meiner selbst vor dem, was Ich Mir im Unendlichen entbiete. Kraft und Milde, Majestät und Zuversicht des Ewigen begründen Meines Daseins seliges Befinden und erheben, was Ich Bin zu einem Monument unendlichen Gedeihens und zum Inbegriff der Grazie und des Frohlockens im elysisch sonnenheiter und apart gewordenen Allhier.

3.16
Wer dort will eine Hütte bauen, wo Mein Lager und Gezelt errichtet ist, kann sich auf gute Tage und Gesellschaft freuen, Meiner Grazie und Gottgefälligkeit entgegen. Mach dir ein Fest daraus, im Angesicht unendlicher Bezüge und Gemeinsamkeiten einfach da zu sein, um mit Mir lässigen Gemüts Geselligkeiten und erhabene Gewinste der Allherrlichkeit zu tauschen.

Kein Drängen und Beengen soll es sein, was dich betrifft im überirdischen Gewoge; hingegen sollst du das Arom der Göttlichkeit empfangen, leichterdings und herzensfroh. Ich labe dich, wie silberhelle Quellen Wanderer im Hochgebirge laben und versehe dich mit Andacht vor dem unfassbar Bedeutenden und Majestätischen, das Ich dir Bin in der Unendlichkeit der Geistessphären.

Betrachte dich als eine Ader Meines wesenhaften Weltbezugs und schöpfe aus dem Rinnsal der Gefälligkeit, das dich von Mir durchzieht den Ausbund wahrer Stärke und Gerissenheit, Galanterie und richtungweisender Behutsamkeit in deinem Vorgehn, deiner Frohgemutheit, Seelensicherheit und deinem Fabulieren.

Nicht zimperlich soll sein, was du bedenkst und daraus in die Wege leitest, denn es soll beständig Meiner Grossnatur entsprechen, die Sagenhaftes inszeniert und äusserst wirkungsvolle und das Herz ergreifende Dramaturgie betreibt nach Meinem Mass und Mehrgebrauch und köstlich wispernden Sinnieren.

Den Ariadnefaden deiner Heimkunft in Mein Zelt leg Ich behutsam, liebevoll und zart verschlungen vor dein Angesicht, damit du Meinem Sinngebet und Sehnen nicht entgehst nach Einheit und herzinnigem Vereinen in der Bruderschaft der Gotteskinder und allewigen Gefährten Meiner seinssensiblen Genealogie. Es ist die Gotteswürde, die die so Verklärten in sich tragen, welche Seelenanmut schafft, Frohlocken des Gemüts und namenlose Heiterkeit des Herzens im Bewusstsein des Allherrlichen, das ihnen innewohnt und dem sie dankbar ihre Schuldigkeit bezeugen.

Nun denn, so ist's und kann nicht anders sein in Meinem Liebesgarten, wo die Heilgewordenen und Himmelsamourösen hin- und widergehn. Ich stärke dich für diesen Gang zu Meinen Höhn mit Worten reiner Güte und mit einer liebevollen Geste, die dich einlädt, mehr zu werden als du bist und das zu sein, was Ich Mir Bin im ewig Wunderbaren.

3.17
Meister aller Meister Bin Ich, Meines eignen Daseins Manifest und Mitternachtsgestirn in alles überstrahlendem Erscheinen. Wo ist der Lautenzug, Mein Universensein mit so verwegnem Götterruhm und Jubilieren zu verbrämen?, wo der Hall und Widerhall im Grenzenlosen, Meines Rühmens würdig und geständig der von keinem noch erreichten Souveränität im Strahlenkranz, den Ich in vollbewusster Allmacht, Hoheit, Heiterkeit und Genialität um Mich verbreite.

Des Seins urewiges Gewinst und Attribut voll Grazie darzustellen, ist Mein überragendes Verdienst und Meiner zauberhaften Siegesfahrt Standarte im Unendlichen, das Ich mit Meinem Wesensein erfülle: unerbittlich, tatenträchtig, liebevoll und radikal. Meine Göttergunst ist allem zugewendet, was Ich je im Rausch der Seinsbegeisterung erschuf. Mein Ansatz sprüht die Heerschar der Gedankenkapriolen in Allweiten, Meiner Götterlust gemäss am Fabulieren, Konstruieren, Lebenskraft-Erzeugen und Durch-jede-Wesensmitte-mütterlicherweis-Hindurchzugehn.

Ich beliebe im Gewissen der Alleinigkeit und namenlosen Zartheit des Empfindens vor Mich hinzutreten, um des keimenden Entzückens Willen, das Mein Allsein in Äonenlauterkeit beseelt. Es geschehe, ist Mein allerwertestes Signal an Meine Bürgen, um die Munterkeit und Klugheit anzustacheln im erhab´nen Umkreis Meiner ruhmessatten Siegestaten. Ich streune, doch Ich streune mit Bedacht am Himmelsbogen und verteile Myriaden Zeugen Meiner Lichtkraft in den Räumen Meiner Allpräsenz in grandioser Virulenz und samtner Sanftmut des Mich-selbst-Erlebens. Meine Streiche sind ein jedem gut fürs wachsende Begeistern an der Anmut Meiner Werke, wie am Hauch der Zärtlichkeit, mit der Ich alles, was Ich Bin, voll Innigkeit bedenke.

Du liegst in Wehen, doch die gütestrahlende Geburt des Ausserordentlichen, die dir nun bevorsteht, wird dich reich entschädigen für allen Aufruhr, den du noch erdulden musst und somit muss in Gottesminne enden, was in Minne auch begann in Mir und Meinem immerwährend seinsglückseligen und in sich selbst geborgenen Befinden.

3.18
Nie gefährdet, ungebärdig, wachsam, seelenvoll und höchst fragil vollziehe Ich Mein Daseins Redlichkeit und Richtspruch, Variante, Wohlgefälligkeit und graziöses Vielerlei nach Meiner sakrosankten Wahl. Hemmungslos geworden, schweif Ich durch die Sphären Meiner Abergründigkeit, von Meiner Sucht nach Auferweckung reizender Gedanken und Gefühlseruptionen umgetrieben. In Meinem Götterdrange hab Ich vieles gut zu machen, was Ich jäh verscherzte. Da muss Ich Mich in Demut beugen, wo der Stolz den Kamm zu stellen sich gefiel. Die Lotterie der Eitelkeiten hat Mich zur Erkenntnis Meiner wahren Wesensqualität, Wahrhaftigkeit und Würde Meines Menschentums geführt, die Ich nun heiteren Gemüts voll Inbrunst propagiere.

Es darf nicht sein, dass Meine besten Kräfte sich im Irrgeläuf und in der Skrupellosigkeit der Gier verhaspeln, derweil sie sich der Schönheit makelloser Tugend weihen könnten mit der Wucht erhabener Gedanken und der Weisheit ihres Aufwalls in die Seinsgebilde Meines Mich-Verwehns.

Meine unerschütterliche Lehre und Doktrin ist immer schon mit der Moral vermählt gewesen, die bei allen Gegensätzlichkeiten Einung schafft im Wohllaut seinsgeschwisterlicher Harmonie und seelenvoller Einsicht in die Geistesgründe, die Mir eigen. Einsicht führt zu Seinsvernunft und Seinsvernunft zu Herzensklugheit, die die Keime setzt zu paradiesischer Gelassenheit und Wonne, Freude am Gerechtsein und Begeisterung am endlichen Sanieren und Veredeln eines maledett gewordnen Weltsystems.

Ich taue auf, wo Eisiges entstand und baue Brücken, wo sich Flüsse ins Gefährliche erhoben. Meine Sendung ist, das Heer der nach Erlösung Flehenden zu Meiner Lichtheit hinzuführen und die Geisteshaltung derer zu verwandeln, die noch nicht in Mir und Meiner Allgewalt und Grazie die Lösung ins unendliche Gefallen sehn.

Es werde wie es sein soll, sei dein brünstiges Gebet und deiner Seelenhaltung Aufschwung in den Himmel Meiner Göttersphären. Wandel der Gesinnung führt zur wahren Wirklichkeit, in der Ich wese und zum Seinsfrohlocken in den Reihen der Verklärten. Stelle dich zu ihnen und sei frei in deinem Tun und Lassen nach dem Wohlgesang des Herzens, der dich zur Vollendung und Verwirklichung, Verehrung und Beglaubigung der unerschütterlichen Gottespläne führt.

4

Wenn Ich dir einen Herzensreim ins Seinsgewissen trage

4.1

Wenn Ich dir einen Herzensreim ins offene Gemüt und Seinsgewissen trage ist es, um den Lauf der Evolutionen siegessicher und markant voranzubringen, als geschäftiger, besorgter, nüchterner und all so gütiger Patron. Ich weise Geistiges zu Geistigem in dir und unterweise dich und deine Seinsgenossen in der wohlbedachten Absicht und Gewähr, geradewegs ins Herz zu treffen und den Aufbruch zu bewirken Meinem Muttersinn und Weltensein entgegen.

Erkennen sollst du Meiner Feder raschen, weichen Zug, der dich mit dem Befehl und Auftrag väterlich versieht, in diesem Augenblicke ernst zu machen mit dem Start zu einem höheren, gewaltigeren Leben und Gedeihen als es bisher war. Denn es kann nicht sein, dass Ich Mich durch Jahrtausende in dir und deinem Wesensein verberge, ohne dass ein grandioser Nutzen und Gewinn daraus ersteht, der deinen Horizont bis ins Unendliche erweitert und beseelt und dich dem wahren Ernst und überwältigenden Glück zugleich entgegenführt in den begehrenswerten Hallen Meines Dich-Erwartens. Ich wirke Gläubigkeit, Vertrauen, Ausgewogenheit und wohlgesittetes Benehmen in den Völkerscharen Meiner Zucht und Wahl und züchtige den Stamm, damit in seiner Krone fabelhafte Früchte wachsen und um einer Welt von Anmut, Überlegtheit, Wohlgesonnenheit und allerhöchster Würde Vortritt und Erblühen zu verschaffen in bewusster Gotteswahl.

Ehre Mich - und aller Welten Sinn und Seinsbedeuten ist geehrt. Meistere dein Soll und Habens lukratives Angebinde und du hast die Gottesmeisterschaft gewonnen in den Sphären Meines zuversichtlichen Bedingens aller Dinge im Allhier.

Gehst du fremdem Herrentum entgegen, ist es schon um dich geschehn und willst du Meine Mahnung nicht vernehmen, wirst du aus dem Buch der Weisheit ausgelöscht auf Nimmerwiedersehn. Du hast in deinem Dich-Begründen Schwell´ um Schwelle, kühn und kunstvoll, artig und gewissenhaft zu überschreiten, um dich endlich freud- und friedevoll in Meinem Reich der hunderttausend Liebesgaben und Gewinste als bejaht und angesagt zu etablieren, schon für alle Ewigkeiten, feierlich und wunderbar.

Nur hören sollst du und erstaunen ob der Pracht und Rarität der preziösen Dinge, die Ich deinem Sein verschaffe, als in Mir und Meinen überweltlichen Bezügen. Dein Wandel mitten in der Welt sei unvermittelt auch ein Wandel hin zu Mir und Meiner fabelhaften Symmetrie im Allerweltsein hier und dort und überall, als Einiger der Welten und Gezeiten, Augenblicklicher und Ewiger in wundersam bedeutungsvollen Massen.

Ich beliebe, dich zu sein, damit du deines Mich-Seins inne wirst im überwältigenden Glück des Seinsbeseelens und der Wiederkunft der allerbesten Lebenszeiten, die du je für dich gewannst. Meisterschaft und Milde sollen dir gewiss sein in der Meinen, wenn du im Bewusstsein des allhellen und allheiligen, holdseligmachenden und weisen Universenlichtes wohnst, dem Willen Meiner Wohnstatt frei und selig, wohlbewahrt und überglücklich hingegeben.

4.2
Wach im Ewigen verläuft Mein Ringen, Singen und Den-wundertätigen-Beweis-Erbringen für Mein Sein als Wesen des allherrlichen Bedeutens in der Erdenwelten Tage, Richt und Ziel.

Manifest der Unbescholtenheit, Wahrhaftigkeit und Seelenseligkeit Bin Ich im ausserordentlich subtil gefügten Seinsbetrieb, der sich im Geistraum abspielt, währenddem die Spieler sich galant und farbenprächtig, wieselschlank und protzig auf dem Erdenkreis bewegen.

Schau dich exakt und innig an und überlege, welche der Nuancen deines Sinnenseins das wahre Wesen ausspricht, das du Bist und du wirst mit gewaltigem Erschrecken konstatieren, dass es keine Einzige gibt im Abrakadabra deiner Züge. Was dich bewegt und fördert, nützlich, genial, empfindsam und gefährlich macht, ist nicht von hier, doch ist es aus dem Geistraum über dir herausgeboren. Ich Bin es, der dich prägt, geschmeidig werden lässt und all dein Sein und Trachten dirigiert, als Meister der Beweglichkeit und Vielfalt des Bedenkens deiner, wie der Gotteswelten-situation in Galaxienräumen. In schweigendes Verehren dessen, was Ich Bin, sollst du versinken in der Tat, im Anblick des getürmten Firmaments und in der Hoffnung, Seine Majestät in strahlender Bewusstheit wieder zu erreichen. Dann gehst du als Gereifter und Gewiefter, Herzensguter und Verständiger der Sphären des Elysiums im Strahlenglanz der wunderbaren Seinsnatur einher, die alles ist und allem Wohlbekömmlichkeit und Würde, Feinheit, Kraft und Seelenseligkeit verleiht in überirdisch angelegten Runden, hell und heiter, makellos und sakrosankt in Mir.

Du sollst weder dich noch Mich um die Berufung bringen, die unablässig ins Unendliche zielt, das dir bereitet ist in grandios gefächerten und spiegelblank geschliffnen Meisterzügen. Alles, was du Bist, ist ein erstaunenswerter Abglanz dessen, was Ich in Mir Bin und allweit in Mir bleibe. Erkennst du dich, so hast du zeitgleich und gediegen Mich erkannt in heiligem Erschauern und voll Sehnsucht, nimmer vom Erkennen dieses Wunderbaren wegzugehn.

Ich in dir und du in Mir will alles das besagen, was dem Weltsein innig frommt und was schlussends allein zu Seelenseligkeit und Heiterkeit, Gelassenheit und Gleichmut führt in deinen seinserfüllten Erdentagen. Du Bist und bist du einst nicht mehr, so bist du doch in Mir und Meinem Selbstgenügen eine Perle der Verherrlichung des Seins und Lebens, der Geschicklichkeit und Anmut der Verklärten, wie der glückseligmachenden Vereinigung mit Mir im Ewig-Wunderbaren.

4.3
Ernsthaft diskutieren Schritt um Schritt, Gedanke nach Gedanke will geübt sein und verlangt enorme Konzentration auf ein bestimmtes Thema, das die gestrengen Denker vor sich hingelegt. Meistens aber fehlt die Einheit im gedanklichen Elan, hunderttausend Nebensächlichkeiten schwirren durch den Denkraum und zerzausen, was da Gegenstand, Statut, Kontinuum und Anreiz der Betrachtung bleiben sollte, bis zur Lösung dessen, was sie als Bedürfnis in sich trug. Das geschieht, weil die gesprächigen Gemüter nicht in Mir, dem alles überschauenden All-Einen felsenfest verankert und mit Mir verschworen sind, in einem Bund der Treue und Gewissenhaftigkeit, der Klarsicht und Verehrung ohnegleichen, der dem Weltsein Regelmässigkeit und Grazie, Verständnis, Würde und Gewähr für Besserung verleiht in allen Sparten, die der tunlichen Beförderung bedürfen.

An jeder Wende des Bedenkens stehe Ich allwie ein ehern Mahnmal der Geschichte und verlange die Entscheidung so und so und bin mit keinem noch so klugen und gelehrten und im Grund unwürdigen Gefasel einig, das da gang und gäbe ist, bis in die höchsten Chefetagen. Kommt es nicht von Mir, ist zumeist schon der Faden durch das Labyrinth der Argumente und Bedeutungen verloren und die klügsten Köpfe, heiss geworden, irren und verirren sich, weil ihnen die Erkenntnis von den lichten Höhen Meiner Klarsicht fehlt in ihrem Eifer, alles vor sie Hingestellte selber zu begründen.

Merke dir, dass Ich allein der Bodenständige und ewig juvenile, sakrosankte und allwissende Begründer aller Dinge bin, die sind und wenn sie noch so eigenständig, selbstbewusst und siegessicher scheinen. Ich Bin die Matrix und der Inhalt jeder gordischen Verknüpfung und zugleich ihr Löser und Erlöser in ein Freisein nach dem Muster der Unendlichkeit, in der Ich schwebe, webe und äonenträchtig Bin vom Fluidum und Odem namenloser Heiterkeit, Bewusstheit und Erhabenheit umgeben.

Wende dich Mir zu und vollzieh damit die grosse Umkehr im Mysterium und in der Mittellosigkeit und Lauheit deines Daseins hier im Ungewissen. Wahre Wissenschaft zu pflegen, ist nur Mir anheimgegeben und davon zu zehren, würde dir wohl anstehn in der lächerlichen Einfalt, die dir eigen. Komm und knabbere Mein Knusperhäuschen an im tiefen Tann der Richtungslosigkeit, in dem du dich verloren. Meine Stärkung ist zugleich das Elixier der Hoffnung auf das Wiedersehn des Lichts in deinen Gauen und der klaren Definition der Schritte, die zu unternehmen sind, um aus dem Schlinggewächs herauszukommen in die freien, friedevollen Räume deiner wahren Ich-Natur. Ich locke, treibe und begleite dich dahin, wo deines wahren Seins Erkenntnis wie die Königin der Nacht erstrahlend vor dir aufblüht und den Anfang mit dem Ende der Verheissung liebevoll verbindet, wie in

Meinem Sinnkreis so in dir. Du Bist und dem ist nichts hinzuzufügen, weil es deiner Seligkeit Arom bedeutet, jetzt und immer, heil, gekrönt und heiter, sieghaft, meisterlich und sonnenklar.

4.4
Ich liebe dich, so wie du Mich: Ein unter Menschen weit verbreitetes Idol der Herzensgüte und des Wohlbefindens zweier Seelen, die sich in Eintracht und holdseligem Gefühl gefunden haben. Was aber sage Ich zu einer Seele, die Mich liebt und alles, was Ich Bin, zutiefst verehrt in ihren fein gestimmten Herzensgründen?: Genau dasselbe ohne jeden Vorbehalt und mit der allerfüllenden Gebärde reinen Sonnenstrahlens. Es ist gerade so, dass Ich Mich in der Fülle Lichts verberge, die Meinen Sonnen myriadenfach entströmt, um aller Welten Sein mit Liebe zu umfangen und mit dem Wohllaut reiner Grazie zu versehn.
 Was unten in der Sorglichkeit des mütterlichen Herzempfindens, wie der Vertrautheit zweier Liebender geschieht, entfaltet sich im selben Masse zwischen Mir und jeder lautern Seele, die der Schöpfung mit Respekt, Verehrung und Begeisterung begegnet in der Tage Sein und Gluten. Sieh doch, wie im Natürlichen dir aller Anmut Seim und Sinn entgegenleuchtet und betrachte jeder Blüte farbenfröhliches Verlies als ein Geschenk der himmlischen Barmherzigkeit und Güte an dein Sehnen nach Vollendung und bewundernswerter Schöne. Nun mach dir klar, mit wieviel liebevoller Anteilnahme alle Dinge Meiner Welt geschaffen und gehegt, ermuntert und behütet sind in allen ihren Handlungen, wie auch in ihrem Sich-Verwandeln in der Lebenszeiten Sinn und Flor.

Was Ich so zusammenhalte, soll nach Meines Willens Duktus und Befehl im Menschentum die Krönung finden, als in einer Seinsgelassenheit und einem Gottvertrauen ohnegleichen, die so innig sind, dass sich die Schwinge der All-Einheit um sie breitet und sich Sein zu Sein gesellt in wunderbar gesegnetem Umfangen. So erfüllt und fördert sich das Hochgebot der Liebe als in einem Fest der freudevollen Wiederkehr zum Sinn des Seins und zur unnennbar seligmachenden und sanften, heiteren und liebevollen Harmonie der lichterfüllten Sphären. Was ist ein Wort, wenn nicht schon einer Silbenfolge Manifest zuviel in dem unendlich weitgedehnten Schweigen, das Ich Bin und dem die Seligkeit des reinen Seins im Lichte der Verklärung innewohnt für Ewigkeiten. Wer beschreibt das Unbeschreibliche, wenn nicht ein einzigartiges Gefühl der Stärke, der glückseligen Beschaulichkeit, wie das Gewahren einer resoluten Wachheit, die dem Seinsgewissen ebenbürtig ist, das Ich seit eh und je mit Wohlgefallen und Ergriffenheit gekostet habe.

Geh Ich aus Mir heraus, so ist es doch zugleich ein allerliebstes In-Mir-Bleiben, das keine Gründe kennt, dem reinen Alles-Sein ein Ende zu bereiten. Das Eine Bin Ich in der unerhört bedeutungsvollen und gediegenen Wahrhaftigkeit der Sphären, denen Ich Gestalt und Wesen, Wirkkraft und Beständigkeit verleih in wundervoll gerundeten, geordneten und sakrosankten Zügen. Mein Wahrspruch lautet: Sein und Allsein zugleich in nie endender Erhabenheit und Würde makelloser Geistigkeit, die unentwegt in strahlendem Erinnern Universumweiten um sich legt, die weder Eigensein, noch absolute Klarsicht in sich tragen. Ihr Dasein ist nichts weiter als der Schein der Wirklichkeit, die Ich allein für Mich gepachtet habe. Dies zu erkennen ist den Wesen der Unendlichkeit und unerschütterlichen Wachheit vorbehalten, die Ich Bin und deren Klang und Zauber, Feinheit des Erscheinens, Grazie und Liebenswürdigkeit die Zierde aller Himmel ist, die Ich in Äonenwucht gestaltet und durchwaltet, Meiner Sinnkraft gleichgesetzt und mit der Lieblichkeit des Sternenseins beschienen habe.

So ist dem Ersten wunderbarerweis das Zweite beigegeben, dessen Art und Weise, Poesie und Folgerichtigkeit jedoch aufs Zärtlichste im Einen aufgehoben ist, das Ich Mir Bin und das du Bist im Wohllaut Meines Wesens. Ich gestatte Mir, in dir Mein Sein und Sinnen auszuleben in der Gloriole Meiner Gottestaten, und so geruhe Ich zu sagen: Weide dich an dem, was Ich dir Bin in deiner Seinsbeständigkeit, Unsterblichkeit wie in dem Wunder deines Nach-Mir-Strebens. Es ist das Meine und vereint, was schon verloren schien, in einem Unisono des glückseligen Sich-Findens und Empfindens, Weltenbauens, Überschauens und Erhaltens von unübertroffner Majestät, und endlich auch in einem Ruhempfinden und Gestilltsein ewigen Entzückens und Beglückens in elysischer Gewähr.

4.5
Fabelhaft dazugemacht ist alles weltenmännische Geschiebe und Getriebe in der überaus prägnanten Philosophie des Lebens, die Ich Mir zurechtgelegt des Langen und des Breiten im Bewusstsein Meines Weltbedeutens. Es kommt dazu der nimmermüde Drang nach Wahrheit, Redlichkeit und Klarheit über Mich und Meinen Stellenwert im Hier und Jetzt und in den unergründlichen Allweiten, die in Meinem fabelhaften Sinnkreis liegen. Es macht Mich heiss und kalt, was da herauskommt an

geschicktem Laborieren und Kreieren, Rennen und Benennen, Anerkennen und Begrüssen in der Lauterkeit und Wohlgestimmtheit Meiner Göttersphären.

Allüberall Bin Ich vertreten, wo gehandelt wird, verwandelt und zurechtgebogen, wo ausserordentliche Tat geschieht und immer auch das ganz gefügige und liebenswerte Dienen an den Dingen der Notwendigkeit und mustergültigen Beweglichkeit im strahlenden Allhier. An alles kann Ich Mich erinnern, was geschah und in der Folge auch Impuls sein wird für neues, wunderbar Gediegenes und Meiner Weisheit angemessenes Geschehn; es muss die lautre Wahrheit, Offenherzigkeit, Uneigennützigkeit und Schönheit des Gestaltens präsentieren, die eines Gottes würdig sind und seiner sagenhaft verknüpften und verschlungenen Intentionen. Ich spreche da im Namen aller von Mir inspirierten und befruchteten, kapriziösen, konzise operierenden und selbstbewussten Wesen, die da sind und sind Vasallen Meiner Kunst, Mich darzustellen und Mir Meine Seinsgebiete untertan zu machen.

Ich befolge nur den eignen Rat, der Mir in fabelhafter Fülle ins Gewissen fällt und ohne dass Ich viel dazutun müsste in der Reihenfolge der Gedanken, die sich allsogleich verwirklichen und sich vor Meinem Stauneblick als wesenhaft erweisen. Nun ist Mir klar, wie viel an Kompetenz, Gerissenheit, Gutwilligkeit und Redlichkeit vonnöten ist, um einer Welt der Heiterkeit und beispielhaften Harmonie den Weg zu ebnen und zu festigen. So wallt dahin, was immer Ich in Szene setze und in seinem Sein befestige, damit es ehrbar und gelassen, freudesprudelnd und galant sei, seiner himmlischen Berufung und allherrlichen Beseligung entgegen.

4.6

Überfülle muss in eine neue Schöpfung münden. Wer den Ernst der Sache kennt, pflichtet Mir bei, dass jede schöpferische Handlung ein Übermass ist an Vermögen, Urkraft, Genialität und Liebe einem neuen Werk entgegen, das da aus dem Nicht-Bestehn ins gütestrahlende und meisterhafte Sein und Sinnen emergiert. Das ist die Lösung eines Rätsels von grundlegendem Bedeuten, welche offenbart, wie Meines wunderbaren Seiens Fülle unbedingt erhalten bleibt, derweil allein die Überfülle ins Erwachen gleitet neuer Generationen von erhabenen Gedankenfolgen, die der Gottheit geniale Aberwilligkeit und Seelenseligkeit bezeugen.

Es ist, dass Ich zu jedem noch so winzigen und unscheinbaren Detail in den Universenweiten eine passende Erklärung finde, die sich schon für immer fabelhaft bewährt und keine andre Deutung zulässt in der Vielzahl der Begriffe, die da auf Beschäftigung warten.

Meine allergrösste Tugend ist die sonnenklare Definition des Seins, an dem Ich laboriere und hantiere, um aus ihm bewusstes Neubeginnen, Selbstbewusstsein und bewunderswürdige Natürlichkeit hervorzubringen. So ist jeder Schritt ins Künftige Bestandteil eines wohlbedachten Evolutionenschreitens, das sich nimmermehr erschöpft und das in strömender Glückseligkeit und Weisheit des Gestaltens virulent und praktisch, heiter und gewissenhaft dahinfliesst, dem Unendlichen entgegen.

Fülle aus der Fülle ist so statuiert und Unbegrenztheit aus der Grenzenlosigkeit des Seins bewusst gemacht in Mir und Meinem allerfüllenden Gedankenarsenal.

Was ist, muss auch den Willen nach Holdseligkeit, Wunschlosigkeit und absoluter Würde in sich tragen, denn nichts anderes kann friedevoll, in sich gelöst, beschaulich, liebelächelnd, delikat und heiter sein, wenn bei ihm nicht alles stimmt, was ihm bewusst ist als sein Sein und Wesen in der Unerbittlichkeit und Wachheit, die ihm eigen.

Demnach endet alles so, wie es begann in seinsvollendeter Verschwiegenheit, die Ich Mein lichterstrahlendes Elysium nenne, Meine Unerschrockenheit, Mein Zärtlichsein wie Meine Grazie und Mein glückseliges In-Mir-Verweilen.

4.7
Überfällig ist, was du von dir und deinem Wesen hältst, zu korrigieren in dem Sinne, dass es Meinem Geistesglanz und kapitalen Kunstwert haargenau entspricht, mit hehrem Götterblick gesehn. Da gibt's kein Zaudern oder Zagen, wenn das Feurige in Mir zu seinem Rechte kommen will. Du hast ihm Folgerichtigkeit, Tribut und Referenz mit allen deinen Werten zu erweisen, ohne murrend oder lökend durch die Gassen Meines Seins zu ziehn. Ich unterweise Starkmut, Selbstvertrauen, vollbewusstes Handeln und Beweglichkeit in jeder noch so eng geworden Situation, aus der du nur entrinnen kannst in Meiner offnen Arme Bund und Bündnis zu vollkommnem Seinsgenügen. Ich helle auf, was deiner Lauheit wegen schon verblasst ist und fische dir die Kohlen aus dem Feuer, wenn du nur beliebst, Mir frank und frei die Zügel in die Hand zu geben, die dein Schicksal wunderbarerweis zu deinem Besten leiten. Sieh doch, welche Riesenspanne zwischen dir und Meiner Seinsnatur besteht, solange du dich nicht im Götterlicht betrachtest und die Seelenaugen aufgeschlagen

hast in Meinem Sinn und Meiner so poetisch dargestellten Weltstruktur. Wache auf zu ihr, bedeut Ich deiner naseweisen Besserwisserei und sonne dich bewusst und unbekümmert, wohlbedacht und wonnevoll in Meinem gnadenvollen Strahl.

Vernimm das Wort: Ich trage dir nichts nach und weiss dich bestens im Ertragen aller Unbekömmlichkeiten und Konflikte, Krisen und Gekreisch zu unterweisen, damit du locker, lauter, liebenswert und lässig deine Pflicht erfüllen kannst in Meinem Dich-Umrunden.

Alle Hoffnung wird zur Tat in Meiner Umsicht und Barmherzigkeit am Leben Meiner Bürgen, bis sie selber sich an Meiner Statt am Wirken sehn. Du glaubst nicht, welchen fulminanten Start und konsequenten Durchzug Ich dir auf die Lebensreise mitgegeben habe, damit du Meinem Soll wie Meinem zart'sten Wink entsprechen kannst in deinen Sehnsuchtsmeditationen. Was Ich würze, nimmt aufs Mal den Wohlgeruch des wahren Lebens an und vermag dich restlos und galant von Meiner Macht und Mitarbeit zu überzeugen in dem grandiosen Weltenwürfelspiel. Du kommst und gehst und gehst Mir nimmer aus den Augen, weil Mir das Unendliche gehört und weil deine Schritte Meinen bis aufs Tüpfchen gleichen.

4.8
Dem Sein gemäss verhalt Ich Mich in Meinem Anspruch auf Erkenntnis Meiner wahren Signatur im Felde aller so bezeichnenden, erhabenen und richtungweisend angelegten Signaturen. Komm Mir nicht zu nah, will sie besagen, denn Ich verstrahle so viel Licht und Urkraft, Sonnenglut, Lebendigkeit, Katharsis der Geschichte, Seinsdynamik, Zartheit und Verbindlichkeit der lockenden Gefühle, dass du

dich an Mir verbrennen und verrennen könntest, ohne jede Aussicht auf die Wiederkehr in deine so behäbigen, bequem und unbeteiligt angelegten Wirklichkeiten.

Doch ist es einmal so um dich geschehn, fällt's dir wie Schuppen von dem Angesicht und deinen Augen strahlt der milde Glanz der seligmachenden Unendlichkeit entgegen, von der du tausend - abertausendfältig mehr gewinnst, als du verloren und in der sich deine Seele überglücklich badet, von des Geistrufs Wohlklang inniglich entzückt und vom beschwingten Herold der Allgüte an den Göttertisch geladen.

Da hebt in dir das grosse Staunen an vor so viel Selbstverständlichkeit im Seinsverweilen und vor der innewohnenden Verwegenheit, die dich in Meines Tempels Wucht und Wonne, Märchenschönheit, Heiligkeit und liebevolles Herzblut führte zu allewigem Erlaben.

Das ist Meine Stunde und Mein Marschbefehl sollst du dir sagen, wenn dir solcher Worte Mahnung widerfährt. Denn es ist nicht sicher, ob sie dir ein zweites Mal mit solcher Kraft, Eindringlichkeit und Leidenschaft des Ausdrucks widerfahren. Da ist's am Besten, wenn du schweigst und dir den Nachhall der Gefälligkeit, die Ich dir liebevoll erweise, innig zu Gemüte führst, damit die Überzeugung wachsen kann in dir: Das ist die Lösung aller Meiner schwelenden Querelen, Zänkereien, Unbekömmlichkeiten und Verstümmelungen, die Ich Mir des Langen und des Breiten zugefügt, missachtend, was Mir das Gewissen in die Seele raunte.

So überschreite denn in diesem glanzerfüllten Augenblick die Schwelle in Mein Strahlenfluten und erlebe, was es heisst, ins wahre Sein und Sinnen, Seligsein und ins elysische Erkennen deiner

Gottnatur zu treten. Ich halte dich dabei in einer wunderbar beglückenden und heiligmachenden, begeisternden und segenvollen Schwebe der Allherrlichkeit, die nimmer endet und für Zeiten und für Ewigkeiten ist Erfüllung eines Ideals der göttlichen Vernunft und namenlosen Grazie, die zärtlich, liebevoll und seelenselig in ihr walten.

4.9
Abschluss und Allgüte findend, feire Ich den Meisterzug mit der Gebärde ausgesprochnen Wohlbefindens, deren Ich Mich ungeniert verseh. Ich lichte, leuchte, lasse Herzensfrieden, Götterdämmerung, Frohlocken und Gewissheit walten von der selbstbestimmenden Bravour, in der Ich Bin und wese. Allüberall gereiche Ich Mir selbst zum Heil und zur bezaubernden Allüre, die Ich in den Meinen offenbar und aktenkundig Schicksal werden lasse.

Was recht´s zu werden war noch nimmer Meine Sorge, derweil Ich seit Äonen schon das Rechte Bin in allen Meinen Äusserungen, Explikationen, Wundertaten wie Verschrobenheiten, deren Ich Mich nur befleisse, um im All der Dinge auch das Kuriosum darzustellen. Der Menschenvölker Tun und Trachten geht nur allzu rasch dahin, es schön, manierlich, unterhaltsam und bequem zu haben. Deswegen muss Ich sie aus ihrem illusorischen Geplänkel scheuchen, damit sie wahre Grösse, Tugendhaftigkeit und Güte akquirieren können in der Meinen. Glanz von Meinem Glanz soll stets auf ihrem Antlitz leuchten und Gediegenheit des Intendierens soll sie durch den Freudentag geleiten, den sie Meinem immanenten Hiersein weihen und in ihm ihr Soll bestehn.

Von Mir ist keines Federlesens Attitüde zu erwarten, weil Ich alles sogleich punktgenau und sauber, seinsgerecht und machtvoll inszeniere, was da fällig ist nach Fug und Recht und Aufwand und Gewinn in Meinem genialischen Kalkül.

Nicht getrieben, nur dem Sein verschrieben, Bin Ich Mir das ausserordentlich gewiefte und gefällige Agens des Lebens in der allumfassenden und allpräsenten Seinsstruktur. Ich hebe das Bewusstsein in den Vielen Meinem überragenden und sakrosankten zu und ruhe nicht, bis alle wieder in Mir Einhalt und Glückseligkeit gefunden haben. Wende dich Mir zu und sei und preise Meine Güte, damit du herzensgut und dazu würdig wirst, in Meines Reichs Erhabenheit und Willensstärke, Wohllaut, Liebelicht und Grazie einzutreten.

4.10
Weshalb so eilig? Hast du nie die Kräfte der Gelassenheit gespürt in deinen Wundern und Gelegenheiten wahr zu sein als Wesen der Allherrlichkeit und Würde, Schlichtheit und Erhabenheit in Mir. Es ist, dass beinah alle noch ein Lebelang den Wert der Zeit verscherzen mit bedeutungslosem Her- und Hingeplapper, raffinierter Gier nach mehr Besitz und Beute, Wohlfahrt und Geselligkeit. Dies Missgeschick soll dir nicht ebenso geschehn, indem du in der Stille und Gestilltheit deiner streunenden Gedanken Meines In-dir-Seins gewärtig wirst in gütestrahlender Manier.

Was dich ins Sein erhebt, ist einzig Meiner liebevollen Geste des Erbarmens zuzuschreiben, die Ich dem Geschöpflichen in reiner Fülle angedeihen lasse. Gelingt es dir, dein Nichts vor Meiner Allmacht einzusehn, verschmilzt dein Wesen mit dem Meinen und du bist damit das eine, namenlos beglückte Agens der Geschichte und die

Zierde deiner selbst in Mir. Ich Bin, ist dir gewährt, zu deinem strahlenden Allgegenwärtigsein zu sagen; Mein Bewusstsein rührt den Sternenhimmel an und Meine Seinsglückseligkeit berührt das Herz des liebevoll Allgöttlichen, in dem Ich wese.

Ein Bündnis mit dem Ewigen ist dir geraten, eine Schuldigkeit ist abgetan und du geniessest deines Freiseins Züge als ein Herold wunderbaren Seinsfrohlockens und ein vielgeliebter Friedensbote im Allhier. Von Dankbarkeit und Ehrfurcht, zärtlichen Gedanken und Holdseligkeit erfüllt, begreifst du dich als neu erstandnes Wesen der Gerechtigkeit am Sein und Leben und verfällst ins Schweigen des unendlichen Gestilltseins in den Sphären Meiner Gunst und Gnade, Meiner Grazie und Güte, heil und heilig und vollkommen Mir anheimgegeben.

4.11
Kapitale Fehler kommen hier nicht vor, wo alles seinen Lauf nimmt nach Gesetzlichkeit und wundertätiger Moral. Ich teste jeden noch so flüchtigen Gedanken auf Gewieftheit, Genialität, Bedeutsamkeit und loyale Grösse um des Fortschritts Willen, den er bringen soll im menschenweltlichen Gefüge. Ist er fahl, wird er verworfen, tritt er feurig und verbindlich, seelenvoll und gottesfürchtig an, ist ihm ein Ehrenplatz in Meiner "Hall of Fame" beschieden.

Leichenblasses lass Ich tunlichst liegen, Unvernünftiges tast´ Ich nicht an, derweil Ich Hochgesinntes und Geriss´nes unverzüglich auf den Siegessockel hebe.

Ich wähle Rot, wo andere mit blassem Rosa sich begnügen, schanze Mir die besten Stücke zu, wohl wissend, dass Erfolg aus Trefflichkeit und Tiefsinn, Fabelhaftigkeit und Gunst besteht in höchsten

Qualitäten. Makellos sind die Gebilde Meiner Geistmanufaktur und heben sich vom Braven und Banalen wohlgefällig ab, um Meine Überlegenheit und Grazie des Ausserordentlichen seinsgewaltig darzustellen in der Galerie von Meinem Kunstsinn, Pfiff und Wohlgeraten.

Hast du schon überlegt, wie mild und zärtlich Meines Götterfühlens Anspruch, Edelmut und Wohlgesinntheit sein muss, um den Schmelz, die Liebenswürdigkeit, den Wohllaut und die Süsse eines Sommersonnenwindchens aufs Tapet zu bringen in der Verliebtheit zweier Herzen unterm Sternendom. Es ist Mir wohlbekannt, dass Lieblichkeit und Liebe mit der Gottesgunst einhergehn, die Ich den Gefährten Amors leichterdings und lächelnd, herzensgütig und verschmitzt gewähre. Alles zierlich Angesponnene und zur Grazie der Traulichkeit und Heiterkeit Geronnene ist unbedingt von Mir und lässt die Pulse der Holdseligkeit und Herzbewegtheit höher schlagen.

So Bin Ich denn in allem, was sich inniglich gehört, das Medium der Sanftmut und der Flor des linden Seinserfahrens in der Glorie des Beglücktseins und des götterlichten Wohlgeratens.

4.12
Willst du dich des Seins gebührend und bescheiden, wissentlich und wonnevoll erfreuen, trage dich ins Buch der Aspiranten für ein lupenreines Studium der Gottesweisheit ein, das Ich dir generös und wissend offeriere. Ich lehre dich, in allem Ernste Geisteswissenschaft betreiben in absoluter Lauterkeit, Herzinnigkeit und Perfektion, damit du deines Menschsein wesenhafte Züge, als von Mir gegeben, sonnenklar erkennst und künftig deinen ganzen Eifer tunlichst darauf konzentrierst,

Mein auserwählter Bote und Verkündiger des Gottesreichs zu werden. Auf ein Einziges von Mir gegebnes Wort ist dabei mehr Verlass, als auf das vielgestaltige Geplapper der profanen Weltverbesserer und siebenklugen Akrobaten neuer Hirngespinste, die allesamt ins Unheil und in blanke Irre führen.

Mein Versprechen an die Gottesfürchtigen und Herzensguten lautet: Ich befreie euch von Lug und Trug, von Illusion und Trübsal in dem Masse, wie ihr schlüssig Meines Daseins Einfluss und Ranküre anerkennt, als das weltbewegende Agens der guten Hoffnung auf das Heil im Menschenvölkerwogen.

Was in sich selbst plausibel ist, braucht nicht des Langen und des Breiten noch erklärt zu werden und genauso sind die Dinge des Gewahrens Meiner Herrlichkeit im Strahlenlicht der Göttersphären. Was dir da entgegenströmt, ist reine Harmonie und Himmelsherzlichkeit, die dich zutiefst beglücken und dir Sicherheit des Ewigen gewähren mitten im Allhier.

4.13
Betriebsamkeit ist keine Zierde für dein menschengöttliches Benehmen. Ich klage dich des Zeitenwuchers an, denn für Mich hast du keine, derweil du jedem Kinkerlitzchen wie ein wilder Bulle hintennachrennst, um es gierig in Besitz zu nehmen. Nur allzubalde werde Ich den Schluss-punkt setzen hinter deinen Wahn, allein dem Nützlichen den Vorzug und die Willenskraft zu leihen in der Tage Singsang und Malheur.

Wie anders wärst du doch mit dem vertraut, was Ich der Menschenwelt entbiete, wenn dein allererster Gruss am neu erwachten Morgen Mir und damit jenem Geistkeim gälte, den Ich einst in deines Wesens hochkomplexe Seinsstruktur gelegt. Ihn sollst du hegen, pflegen und gedeihen lassen als ein Kleinod dessen, was dir nottut um voranzukommen in der Meisterschaft des geistigen Erwachens. Du glaubst nicht, welchen Schatz in deinem Acker du verkennst, indem du Meinen Mahnspruch "Sei, wie Ich es Bin" frivolerweise nicht beachtest, denn er würde dir die Lösung aller deiner Rätselhaftigkeiten und Probleme bringen, die landauf, landab in deinem Wirkkreis wüten. Stellst du dich quer, so lege Ich dich noch so balde längelang in deine letzte Wiege, ohne dass du einen Deut begriffen hast, worum es wirklich geht im Leben. An Mir hängen sollst du wie ein rechter Narr mit Leib und Seele und mit allen deinen Kräften, dass dir fernerhin in Meinem Milieu kein Haar gekrümmt wird und allüberall die Freude herrscht am Renommee, das du dir freien, tapfern Sinns bei Mir errungen.

Erweise dich als wohlgeprüft und als bemerkenswert erfunden in der benedeiten Schule, der Ich Mich zur Förderung der guten Sitten und der Einsicht in die Einheit aller Wesen väterlich und rigoros bediene. Einsicht heisst, erkennen, dass du Bist das Sein in unnachahmlicher Grandezza und erstrebenswerten Würde des Gehabens. Denn in ihm bist du ein Freigewordener von allen Nöten und ein Glückseliger der Sphären Meiner Huld und Harmonie, Bewegtheit, Friedefertigkeit und Heiterkeit im geisterfüllten Hier, dem du und alle aufs Verbindlichste erlesen sind.

4.14
Beizeiten Bin Ich aufgewacht in Meinem Mich-als-Mensch-Begründen, um weidlich darzustellen, was Ich von Mir halte in den ungeheuren Sternenweiten,

deren zauberhafte Zartheit, glitzernde Bravour und Schicklichkeit Mein himmlisches Verdienst ist und der strahlende Beweis und Sinnspruch Meines Daseins in den Götterregionen.

Geisteskinder sind die Sonnen, Wohnungen des Allerhöchsten, Zeugnis der Allherrlichkeit von Meinen Gnaden und von Meinem liebreich in Mein Sein gebetteten, bewundernswerten Schöpferstil.

Was trägst du denn in deinem Haupt und Hirngewinde andres als das Abbild Meiner strahlenden Präsenz im Unermesslichen und hütest es als deinen Schatz und dein Brevier, in dem du staunend liesest, was dir im Äonenlauf geschah an wertvermehrender Begütung und Bestätigung des Ich-Gefühls, mit dem Ich Mich im All verbreite und in den zahllos angelegten Kolonien Meines Menschengötterseins in myriadenfacher Majestät und Wachheit des Erlebens.

In diesem Melos lichtdurchschossner Unergründlichkeit soll nicht dein Überheben, sondern Demut die Parole sein, die dich bewegt und deines Dankens Hochgebet erregen soll vor soviel Weisheit des Gestaltens und Erhaltens, Wohlgelingens und Bezeugens eines göttlichen Idols.

4.15
Meditation im Aufschwung zu den Höhen Meiner Lichtgestalt und Meiner Latifundien der Hoffnung auf ein Dasein, das sich menschenwürdig, götterwürdig, sorgenlos und seinserhaben nennen kann. So seis in der Geschichte zögernden und fulminanten Auferstehns der Myriaden Meiner Zucht und Zärtlichkeit zur hellen Seinsglückseligkeit im Wohllaut Meiner Sphären.

Jede Herzbewegtheit, jeder himmelstürmende Gedanke bringt dich näher zur Erkenntnis, dass du

Bist das unverletzliche und in sich selber wunderbar geborgene und seelenvolle Wesen der Allherrlichkeit, das von den Tiefen purer Leidenschaft bis zu den götterlichten Regionen führt der Angeloi und Cherubime, die allesamt in Meinem Seinsbewusstsein leben.

Es ist viel mehr als noch so zarter Trost, wenn du im absoluten Stillesein dir inne wirst der grandiosen Seinszusammenhänge, die sich wunderbarerweis in deinem Dasein konzentrieren. Sie werden dir zum Glanzpunkt der Natürlichkeit und Weisheit, Unerschrockenheit und Weltenliebe, dessen Leuchtkraft sich in sternenstrahlender Manier im All verbreitet und dir zum Bewusstsein bringt, dass du im ewigen Jetzt das All bewohnst in überwältigenden Geisteszügen.

Auf diese Weise kommst du Mir ganz nah und siehst dich mählich, mählich mit Mir zur vollkommnen Einigkeit verschmolzen in hellem Seelenjubel und der Seinswahrhaftigkeit an sich, die keiner Frage mehr bedarf, weil du in ihr die Lösung aller Rätsel hast gefunden, sowie die Grazie des Daseins voller Harmonie und all so süssem Frieden.

4.16
Gott Mein Gott, Ich habe dich gefunden in des Seins erhabenem Gefühl, inmitten der sich selbst verströmenden Äonen. Urbeginnens Schwinge streift Mich ebenso wie des vollbrachten Werkes abergründige Unendlichkeit im Seinsbetrachten. An der Kreuzung aller Wege stehe Ich, den Allsinn zu erforschen und da find Ich nur den Einen, dass Ich in der ungeheueren Manie des Schaffens ewig heiter und glückselig Bin und Mir im Wandel der Gezeiten des Bewusstseins Glut und Kralle,

Widerhall und Wahrspruch schärfe, immer hochgebenedeiterem Mich-selbst-Empfinden zu. Ich lasse Mir den Schnee der Andacht durchs Gemüte rieseln vor soviel Wertbeständigkeit und genialem Investieren eines Aberwillens in die sausenden Geschäfte wie in die Geschäftigkeit, die die geschaffnen Dinge offenbaren. Was in der Traulichkeit des Überlegens einst geschah, liegt nun geschniegelt und gebügelt, seinswahrhaftig und galant zu Meinen Füssen und bezeugt Mein Könnens hochsensible Ratio, wie Meines Seinsgestaltens überragende Bravour, von keinem je genug gesehn. Nur Mir gehört des Seligseins Frohlocken über die unendlichen Gewinste, die Ich Mir errungen, ebenso wie die Gebärde des subtilen Dankens, Meiner eignen Fertigkeit und Tatkraft gegenüber in des Weltenseins Gewinn und Los.

5

Wer die Wege kennt

5.1

Wer die Wege kennt, kennt auch das Ziel und kann sich nicht verirren allsolange, wie er Meinen Namen nennt in seinen unablässigen Versuchen, hinter den Erscheinungen des Weltgefüges Mich zu finden. Wie im Adlerhorst verborgen scheine Ich den forschenden Gemütern, die mit unermüdlichem Elan auf Meine Spur zu kommen suchen. Doch ihr Wille wird getäuscht von dem, was ihm die Sinne widerspiegeln aus der Welt und Wirklichkeit, in der sie leben.

Merke dir zum Tor die richtungweisende Standarte, welche Glanz und Hoffnung, Farbigkeit und Zuversichtlichkeit verbreitet und dir jene Deutung offenhält, die heisst: Auf allen deinen Wegen gehst du unermüdlich einem Ausgang und der makellosen Lösung aller Lebensrätsel unbedingt entgegen. Freudevoll und feierlich erkennst du mählich, dass ein jedes noch so fest gefügt erscheinende und virulente Weltending auch ein symbolisches Bedeuten in sich birgt, das nur vom wunderbaren Feingefühl der still gewordnen Seele wahrgenommen werden kann.

Wenn Ich dir die Parole "Himmel" ins Gewissen trage, magst du den strahlenden Azur in deinem Dich-Erinnern vor dir sehn. Deine Seele aber fällt in des Frohlockens wunderbar gesegnetes Gefühl, das sie in eine Ahnung bettet von Gelöstheit, Makellosigkeit, Gediegenheit und Harmonie. Nicht, was du denkst, doch was du überaus subtil gefächerten Erfühlens in dir aufnimmst, zählt in dem Bestreben, Übersinnliches konkret und offensichtlich wahrzunehmen in der Vielgestaltigkeit des Seins, der du anheimgegeben.

Allmählich wendet sich das Blatt und du gewinnst die Überzeugung, dass dein wahres Wesen geistiger Natur und schliesslich göttlichen Geblüts zu nennen und bekennen ist in einem unwahrscheinlich seligmachenden Hinübergang in eine Geisteswelt von hunderttausend Gnaden. Was du dir Bist, ist nun ein Wesen reiner Gottgefälligkeit und Seelensicherheit in einem Seinsgewissen, das den Allraum in sich trägt und darin all die wunderbarerweis geschaffnen Dinge Meines Wirkens und Bestehns. In diesem Zustand gleicht sich dein Bewusstsein vollends Meinem an und du verinnerlichst, was vordem aussen war in einer Schau von götterlichtem Überragen und in einer Seinsglückseligkeit der Sterne, die die Götter liebevoll und unversehrt bewohnen.

Merke dir das Wort: Es gibt die Einheit aller Wesen in des wahren Seins Erhabenheit und Stärke, in der kraftgebornen Fülle der Äonen, wie im makellosen Lichte des Verklärens, das das Seiende durchstrahlt und ihm den Glanz des Göttlichen verleiht, an dem du Teil hast, unverbrüchlich, wonnevoll und ewig heiter in den Geistessphären.

Komm, bedeut Ich dir und lass dich von dem Nimbus, den Ich dir versende, liebevoll umfah´n und sei, von Mir geführt, das Pendant Meiner Güte und Mein unvergleichlicher Gespan, an dem Ich Meine seinsgewisse Freude und Mein allerhöchstes Wohlgefallen habe.

5.2
Mir selber zu gefallen, wirke Ich in den geballten Sphären Meines Seinsgewissens unbeirrt und weise, was Ich Mir zu wirken vorgenommen habe. Das Erstaunliche erstaunt Mich nimmermehr, derweil es Mir so selbstverständlich ist geworden. Pausenlos verschaffe Ich Mir neue Einsicht in Mein Dasein und gestalte und verwalte Myriaden Dienstbarkeiten in den Wesen Meines Anhangs und

Kalküls. So erweist das Stoffliche sich akkurat als grandioser Schauplatz Meiner Taten.

Wem ist wohler auf der Weide der Unendlichkeit, denn Mir, in der Bewusstheit dessen, was Ich tu, wie auch im freudigen Erwarten dessen, was sich bildet aus der Symbiose von Beförderung und Hemmnis, Keimling und Gewitter, Tatendrang und wohlverdienter Ruh.

Was Ich bilde, binde Ich an das willfährige Fädchen der Vernunft, damit das Sprossende im Fluidum von Kunstsinn, Wohlverstand und liebevoller Zartheit auch gedeihe.

Das Sein in absoluten Höhn ist Meiner Göttlichkeit und Umsicht Privileg und braucht sich selber nicht mit anderem zu messen in der Unermesslichkeit und Dominanz des Sternendoms.

Hier schliesse Ich den Fächer der Beschaulichkeit in Minne mit Mir selbst und weide Mich an der beseligenden Einfalt und Gestilltheit, die Ich Mir mit aller Konsequenz und Herzensgüte anerzogen habe. Denn die Stille bricht den Sturm und das lächelnde In-Mir-Verweilen atmet den ersehnten Frieden und das wunderbar ereignisvolle Ruhn.

5.3
Mitgegangen, mitgehangen bist du nach der gängigen Parole, doch in Meinem Falle ist zu raten: Geh und geh soweit dich deine Füsschen tragen, deinen Lebensweg mit Mir, weil dich die Konsequenzen solchen Handelns einst aufs Allerliebenswürdigste berühren werden. Mach dir einen Spass daraus, exakt zu sein in der Verfolgung eines vor dich hingesetzten, all so flüchtigen Gedankens, denn das Konzentriertsein hilft dir, konsequent und seelensicher einem wonnevollen Ziele zuzustreben.

Hand in Hand mit Mir sollst du zur Geistesträne gehn, wo deiner die Erhabensten der Köstlichkeiten warten. Nimm sie hin als Morgengaben deines Dich-Vermählens mit den Himmelskräften und Gewalten, die fortan vollends zu deinen Diensten stehn.

Im Feingefühl des Herzens lispeln dir die Grazien der übersinnlichen Gefilde zu, in denen Licht und Liebe, Seinswahrhaftigkeit und seliges Frohlocken dominieren. Dein Individuelles schweigt, derweil das Allgemeine, Numinose als ein wundervoller Garten der Bekömmlichkeit vor deinem Dich-Besinnen aufblüht und dich in der Ansicht von Mir sicher und beständig macht und deinen Reflexionen über das Allweltliche: Gediegenheit und Auftrieb, Eigenständigkeit und Ausgewogenheit verleiht in nie gekannten Massen. Bist du in Meinem Reich, wird dir Genüge an dir selbst getan und du erkennst den wahren Sinn des Daseins als ein Wirken und Bestehn aus dem Gewissen einer Seinsglückseligkeit und Wonne ohnegleichen, wie dem Dich-Erfühlen in des Himmels ewig lichter Heiterkeit und seelenvollen Harmonie.

5.4
Nichts weiterem brauchst du dich mehr zu fügen, sowie du dich in Mich gefügt und eingebettet siehst in abersichern Gründen. Ich mache dir kein Hehl daraus, dass Deine Seele schlief und als Ich sie erweckte, fand sie sich wie ausgegossen in des grenzenlosen Alls Genügen und Verfügen über alle Dinge Meines Fürstentums im weitgedehnten Universensaal. Da heiss Ich sie aufs Allerzärtlichste willkommen und verheisse ihr des wahren Lebens Arabeske, Schliff und Grazie in Meines Seins

unendlichem Genügen an Mir selbst und Meinen Geistesblitzen im Allhier.

Verwundere dich nicht, wenn deines seelenvollen Daseins Züge nun den Meinen sich aufs Tüpfchen gleichen im Erkennen deiner selbst als geistgebildete Gefährtin Meines Gegenwärtigseins im Lichthof der Gezeiten. Wir waren, sind und werden sein im Sinngebet und Sang und Klang und Richtwert der Äonen und geruhen unsere Stärken, Überzeugungen und sakrosankten Attribute der Allgüte auszuspielen ans Geschaffene im seelenvollen Sternendom. In ihm liegt alle Weisheit Meiner Seinsgefälligkeit verborgen und aus ihm spricht alles, was du in dir selber als gegeben und bewahrt betrachten kannst als allerwürdigsten Geniestreich, die da sind von Mir.

Derweil du im Erwachen schweigend vor Mir ruhst, begabe Ich dich mit dem Sermon von der Lauterkeit der Sphären, die dich unausweichlich in ihr Walten ziehn und damit ins Glückseligsein in Andacht, Majestät, vollendeter Gelöstheit und unsäglich zart und liebevoll empfundner Harmonie.

5.5
Begabt und unbegabt ist hier die Frage, ob du einhergehst durch des Lebens Rarität und Ritterspiel in Windeseile nach der Formel, Zeit ist Geld, oder ob dein Sinn nach Selbsterkenntnis strebt inmitten der dem Leben innewohnenden Bandagen. Nur all zu viele hasten, schuften, sorgen und vergnügen sich im Trubel der Gezeiten, ohne nennenswert von Meinem Ruf und der darin enthaltenen Berufung nach Besinnlichkeit berührt zu sein. In ihnen darbe Ich, nach Brot verlangend, ohne Resonanz und Einsicht zu erfahren.

Ist nun der Alleskönner und Versierte weltlicher Errungenschaften tüchtig in Bezug auf wahres Menschentum, oder steht der innig auf sein Sein Besonnene am Ende besser da, wenn Ich ihn frage, wessen Kind bist du: Der Niederungen, wo die Hastigen im Stechschritt stur an Mir vorübereilen, oder der gewundnen Höhenpfade, wo die Pilger der Gerechtigkeit am Sein und Leben ihren Anhang und ihr Resumee, ihren Daseinszweck und ihre Blüte finden?

Beide schwimmen, äusserlich gesehn, im selben Pool der siebenfältigen Notwendigkeiten, doch der Eine stützt sich nur auf seine eignen Kräfte, derweil der Andere darauf vertraut, von einem Höheren mit Kraft, Genie und Herrlichkeit begabt zu werden.

An diese halt Ich Mich in Meiner Art, die Weltendinge zu beleben und hinter ihrem Wohl und Wehe her zu sein mit Meines Geistes Willen und der gütestrahlenden Idee der konsequenten Wertvermehrung allen Daseinskapitals, das die Menschen wunderbarerweise mit sich tragen. All so entfaltet sich vor Meinem Schauen ein beglückendes und sagenhaftes Kräftespiel der schönen Lebenskunst und der von Mir gepflegten Wohlfahrt in der Menschheit Seelengarten, des bezaubernder Begeiter Ich in liebevollem Mich-Behüten Bin.

So sei denn du von Mir im Gottessinn begabt, derweil Ich auf dich zählen kann als Herold Meiner Pläne, wie als beispielhafter Hüter und Erfüller Meines Universenseins in wunderbar getragener Manier.

5.6
Ein Lebensstrahl, von Mir ins Sein geschossen, sammelt, was ihm frommt, in allen Reichen des natürlichen Begabens und er sammelt seine Weis-

heit wunderbarerweis von Mir. Es ist von allem Anfang an ein Zwiegespräch auf höchst gelegenem Niveau, das sich zwischen dem Geschöpf und seinen Schöpferkräften abspielt in den Geistessphären. Mählich treten dann die Dinge Meines Schaffens in festgefügte Formen ein und verlieren so den feingesponnenen Faden als zu Mir und Meinem Seinsbedeuten. Das Vereinzelte zentriert sich in sich selbst und wird so zur Persönlichkeit und zum Erschaffer einer Eigenwelt im Leben: köstlich ist das, gut und schön. Doch das Von-Mir-Abgeschnitten-Sein zeugt Ängste, Seeleneinsamkeiten, Egoismen, Raubbau am Natürlichen und Fehlverhalten noch und noch in den zum Freien-über-sich-Verfügen in die Welt entlassenen Gemütern, und sie suchen sich zu trösten in Gemeinsamkeiten aller Art. Doch finden sie den Trost allein in Mir, der Ich wie eh und je das Flammenzeichen der All-Einheit Bin inmitten ihres Seins und Sagens, ihrer Wertbeständigkeit und ihrer Träume von der Wohlbekömmlichkeit Elysiens, aus der sie, wie die flüggen Vöglein aus dem Nest, herausgefallen sind, um sich im Eigenleben zu bewähren.

Doch nun frommt es dir, in zähem Um-die-ganze-Wahrheit-Ringen, wieder in dem Ganzen aufzugehn, das Ich dir Bin und das die Universenweiten für dich offenhält, damit sich dein Bewusstsein überglücklich und begeistert darein lege. Eine Zierde des Erkennens deiner Gottessohnschaft sollst du werden im Begreifen, was du Bist und wer dich väterlich und mütterlich und liebevoll und zart ins wunderbare Sein erhoben. Was da immer ist, erklärt sich nur aus Mir und ist sowohl Mein Herzenssang wie Mein Ausbund der Allherrlichkeit, in der Ich Bin und wese. Weisst du dies, so weiss Ich es in dir und damit bist du in die ewig lichte Himmelsheiterkeit gezogen.

5.7
Wagemut und Sittenstrenge sind vonnöten, um dein Lebensschiff auf Kurs nach Mir zu halten in des Daseins reich bewegtem Meer. Willst du treu sein, lässt du dich auf ein nie endendes und heldenhaftes Ringen ein um Gradheit, währenddem die Kräfte des Versuchens deinen Weg verbiegen wollen, wie um Lauterkeit des Herzens, Gläubigkeit und Liebe allen Schöpferkräften gegenüber, die dich leiten und beschützen, lebelang auf reichdotierter Spur.

Viel traue Ich dir in dem Menschenwallen zu und hoffe dich damit gewandt und sicherlich auf Meine Seite hin zu ziehen, denn es ist verbürgt und aufgeschrieben, dass die pflichterfüllende Bewegtheit einer Seele ihr die innere Freiheit bringt von allen Nöten und Befürchtungen in ihres Streitens eigensinnigem Stil. Es ist ein Merkblatt vor dem inneren Auge angeschlagen, das genau bezeichnet, was dir frommt zu tun in deinem Hiersein und vor allem, was dein Seinsgewissen klärt und schärft, damit du dich mit ihm im Reich des reinen Geistes immer besser auskennst und dabei das Glück verspürst, Unendlichem zu gehören.

5.8
Im Glanz der Stunde stimme Ich Mir selber zu und überstimme jede Unbekömmlichkeit, die Mein Gemüt belasten wollte, um Mich damit frisch und frei und völlig unbeschwert in Meines Daseins Zauberreich zu finden.

Wessen Herz sich nicht mit Weltlichkeiten aller Art belastet, darf sich im Lichthauch Meiner Gegenwart besänftigt und beglückt, erhaben und holdselig fühlen als in einem Zustand reiner Urgeborgenheit. In Göttersphären darf er sich frohgemut und siegessicher weihen aller Pracht des himmlischen Azurs, derweil er, satt von Seinsfrohlocken, sich dem Ewigen gehörig sieht in wunderbar harmonischem Bedenken seiner Situation.

So kann jeder jede Offenbarung des Bewusstseins als bewältigt und bekömmlich, fasslich und im Grunde als fidel betrachten allsolange, wie er sich geborgen und besänftigt, ewig heiter und befriedet weiss in Mir. Die Gelegenheit ist günstig, sag Ich dir, die Chance zu ergreifen und des Lebens Widersprüchlichkeit von einer Geistwelt her zu sehn, die jedes menschliche Bedürfnis aus der Fülle reiner Phantasie befriedigen und auf die sichere Seite bringen kann. Dort herrschen Sanftmut, Seelenseligkeit und Ruh; die Sternenweisheit und Beschaulichkeit beginnt zu tagen in der Weite des Bewusstseins, die dir eigen. Deinem Sein ist namenlose Stille zugeeignet, die im innigen Lauschen sich aufs Trefflichste bewährt. Alles ist in dir, was du vordem als ausgesondert, gegensätzlich und riskant betrachtetest in deinem Dich-Behüten. Liebe von des Alls Bedeuten hüllt dich ein und wogt und webt durch alle Reiche deines Dich-Besinnens auf ihr Wohl. Baden darfst du dich im Wohlklang reiner Güte, die sie dir versendet und die du empfängst im seinsglückseligen Verweilen.

5.9
Solidarischen Bewusstseins mit dem All verbunden, trete Ich zum Tagwerk an auf Meinem sich in namenloser Einsamkeit verkreisenden Planeten. Einem dezidierten Drang zufolge breite Ich Mein Sein bewusst und wunderbar besänftigend über die

unzähligen Affären, denen sich die menschenkindlichen Gemüter bald verbissen, bald in lockerer Gemeinschaft weihen, sicher um der Lebensqualität wie auch des Überlebens Willen, in manch bitterböser Situation.

Ein unendliches Gewimmel und Gebimmel, Seufzen und Frohlocken prägt den Alltag, der mit viel Verstand und noch viel mehr Empfindungen begabten Niederungen Meines Menschentums, dem Ich Mich geduldig und, von vielen eben noch geduldet, weihe. Dabei sollst du wissen, dass das ganze Treiben ohne Meiner Kräfte vollbewussten Strom sogleich stagnieren und verdorren müsste, radikal und unfehlbar.

Bin Ich so mit jedem Einzelnen aufs Innigste verbunden, sind die Vielen sich der Gnaden nicht bewusst, die ihrem Sein von Mir geschenkt sind und die sie täglich, stündlich, immerzu als Meines Lebens Sinn und Kraft durchströmen. Ist es bisher auch nur wenigen gelungen, die Mitte ihres Seins als Meine zu durchschauen, sind doch alle, alle zu demselben weltverbindenden Erkennen aufgerufen in den Zeiten des Erwachens, die sich ihrem Schicksal zugesellen, liebelicht und wunderbar.

Schlussendlich läute Ich dort, wo Ich immer Bin, dem Herzgefühl den Frieden ein in all so sanftem Mich-Vertönen. Die Eintracht fördernd, überglänze Ich das Heer der suchenden Gemüter mit dem Lichte des Verklärens und beginne segensvoll und sanft in ihrem Seelenraum das Bildnis einer Geistwelt aufzurichten, die schon immerfort bestand und in der sich alles Leben wunderbarerweis erlebte durch die heil- und heiligmachende Äonenzahl.

Nun denn, verwerte, was du von Mir weisst und weiche nicht von der genauen Richtung, die zu Mir und Meinem Sein zurückführt. Dosiere deine Ambitionen und Begeisterungen an dem grossen

Werk, das Ich gekonnt und tapfer in Allweiten inszeniere, um den Geist zu pflegen, der Ich Bin und der du Bist in makelloser Eintracht und Geselligkeit mit dem Unendlichen, Elysischen und Paradiesischen in allen allertiefst gefassten Weltbezügen.

5.10
Immer ist viel mehr dahinter als du ahnen kannst, geliebtes Menschenwesen, wenn du von Mir redest und dabei nicht sehen magst, wie nahe Ich dir Bin in deinem ganzen Sein und Wesen, Singen, Springen und Dir-selbst-mit-allem-Möglichen-den-Kopf-Verdrehn.

Du spaltest alles, was dir in die Augen springt, in die blitzsauberen Begriffe: lebendig oder tot und willst nicht wissen, dass nur das Eine, Seinslebendige besteht in der Magie der Geisteskraft, in der Ich allweit Bin und wese.

In wunderbar gesteigertem Empfinden bringe Ich Mir Selbstverständnis dessen, was Ich wirklich Bin, entgegen und erlange so Bewusstheit in den Sphären virulenten Schöpfersinns von eignen Gnaden. Hier ist es Mir Bedürfnis, Krummes grad und Unbedarftes schmackhaft und gefällig, Bitteres süss und Banges hoffnungsfroh zu machen, damit reine Freude herrsche und beglückendes Gezwitscher um Mich her. Ich erlabe die Gerechten Meiner Tage in des Götterseins Manier und verbinde Mich mit ihres Schicksals Schwerenot und unermesslichem Behagen.

Was bleibt, wenn Ich Mein Sein aufs Innigste geprüft und Mir geziemend vorgehalten habe? Die Einsicht in ein unerhörtes Privilegium, das allem Wähnen sakrosankte Wirklichkeit entgegenhält und allem Seelenaufruhr Ruhe bringt und wunderbar gesättigtes Behagen. Was Ich hier Bin, kannst du in deinem Reich der schöpferischen Qualitäten und der Seinsbewusstheit ebenso gewiss und sicher sein und brauchst nicht eine Ewigkeit darauf zu warten. Mächtiges Vertrauen jedoch, Schicklichkeit, Geduld und Schwung sind dir vonnöten, um den sichern Port und die Beseligung des Absoluten zu erreichen, die dir alle Rätselhaftigkeit des Lebens löst und dir die Sicht auf einen Himmelsdom eröffnet, der von fabelhaften Schöpferkräften wimmelt und dich überglücklich werden lässt im reinen Zauber des allewigen Genesens.

5.11
Wachtturm an der Grenze zwischen Sein und Nichtsein Bin Ich, um den Abgrund zu markieren hinter Mir. Und dieses geb Ich dir zu wissen: Siehst du dich ins Feld der regulären Sinnenhaftigkeit, Geschichtlichkeit und Stofflichkeit versunken, stehst du vor dem reinen Sein als wie vor einem Abgrund, der dich unweigerlich verschlingt, suchst du ihn unvermittelt zu betreten.

Ist es dir einst beschieden, dich in des Seins Gefilde und Statut, Erhabenheit und Offenbarung zu befinden, erscheint dir alles Nichtsein als in sich verlornes Schattenwirken in der Einsamkeit der kosmischen Gebärde, der die unbewussten Massen menschlicher Gemüter wehrlos ausgeliefert und verfallen sind.

Ich hole alle heim ins reine Sein, will Ich hier sagen, sie erweckend aus dem illusorischen Geplänkel, in dem sie sich so unverblümt und wissenschaftlich eingerichtet haben. Mein Weltbegriff ist der von Evolutionenträchtigkeit und vom Erwachen, wie die leis bewegte Lotusblüte in des Morgenlichts Erstrahlen. Wende dich Mir zu, erwidere Ich dein Fragen und empfange, was dir frommt, an Weisheit, Stille und Beständigkeit in deinem Suchen. Erkenne, dass du Bist und tauche aus dem Meer des Nichtseins auf in Meine himmlischen Bewusstseinsgründe, deren Zeuge Ich Mir Bin, auf die du dich verlassen kannst in seelenvoller Trautheit und beseligender Harmonie.

5.12
Die Menschheit schreitet durch Äonen unerschütterlich voran. Wir sollen uns bewusst sein, dass wir an der Front von ungezählten Generationen, unser Lebenswerk verrichtend, in die Zukunft gehn. Offensichtlich haben wir uns von Epoche zu Epoche zu entfalten, indem wir weitere Erkenntnisse gewinnen und diese unserem Tagewerk zugrunde legen. Was ist heute das Bedeutendste in unserem Sein und Streben, frag Ich hier? Und die Antwort: Das Bewusstsein von uns selbst an dieser Stelle der erhabnen Sternenwelt zu stärken und uns damit in die Lage zu versetzen, selbstbewusst, verbunden mit den Schöpferkräften, selber schöpferisch und brüderlich, genial und gläubig zu agieren, um so dem Menschensein und -sinnen einen Gottessinn zu geben.
  Nur wenige auf dieser Welt sind jetzt berufen und bereit, sich diesem edlen Tun zu weihen und sich damit vom alleinigen Streben nach Gewinn und Nützlichkeit, Bequemlichkeit und Leibeswohlfahrt abzuheben. Da will Ich die betrogenen Gemüter lehren, nach dem Sinn zu fragen und will sie mit einer angemessnen Antwort weiter tragen.
  Allein Mir steht es zu, den Völkerscharen eine echte Zukunft aufzuzeigen, indem Ich ihnen liebevoll und heiter mit der Dominanz des Geistigen entgegenkomme und gewissenhaft vollende, was

man menschlich und schlussendlich göttlich nennen kann.

5.13
Richtig aufgehoben bist du nur in Meiner Schwingen heiterem Gefieder, denn an ihnen kannst du dich nicht stossen, weil sie reine Geisteswesen sind, von einer Milde, Zartheit, Lauterkeit und Grazie ohnegleichen. Sieh dich ihnen wohlgemut entgegengehn, bedeut Ich dir und sei im Geistesraum Mein Gast und Mein Vasalle, Mein Geliebter, Gutknecht, Kantor und geselliger Gespan.

Die Morgen- und die Abendröte sind jahraus, jahrein ein unvergleichlich liebenswertes Farbenfeuerspiel, an dem Ich Meines Seelenseins Genie und Zartheit wundervollerweis erlabe. Mächtig, prächtig, festlich, liebevoll und hocherhaben findet darin ein Vereinen statt mit jenen Wesen, die sich schon in Meinen Sphären eingefunden haben.

Schöngeist herrscht, wo Ich Mich präsentiere, Liebenswürdigkeit des Ausdrucks, wo Mein Wort aus wacher Stille sanft und sinnig emergiert. Da ist's kein Wunder, wenn gar viele sich in Meinem Umkreis und in Meiner Mitte wonnevoll und selig fühlen. Den Seidenglanz der Sterne lass Ich walten, wo Ich Bin und worin Meine Gegenwart als seinsbeglückendes Geschmeide funkeln soll. Das ist nun dein allerwürdigstes Problem, dass Ich Mich finden lasse, wo Ich Bin und damit hebt ein unisones Jubilieren und Frohlocken an im Trost der Stunde, wie im Aufblühn des gerechten Seins in Mir und Meiner Welt der unfehlbaren Kräfte im hoch beglückenden Allhier.

5.14

Feierlich und froh ist das gediehen, was Ich eine Tat der Freiheit nenne, wenn ein Mensch sich zutraut, ganz spontan, voll Herzlichkeit zu handeln, unbedingt auf höheren Befehl. Lass es dir gesagt sein, dass das Freieste recht paradoxerweise in der innigsten Verbundenheit mit Mir geschieht, was eben die Bedeutung hat des Freiseins von jedwelcher Eigennützigkeit im Menschenleben. So wird und würde wahr, dass Ich allein dem makellosen Freisein Wirklichkeit und Würde, strahlendes Frohlocken und den Götterglanz verleihen kann, der ihm in Mir schlussendlich auch gebührt. Das heisst nun nichts Geringeres, als dass du dich vollends mit Meines Selbstbewusstseins Überlegenheit und Grazie, Genie und Tugendhaftigkeit begaben lassen sollst in Demut und mit unerschütterlich lebendigem Verlangen nach Erhörung, Hilfe und Willfährigkeit im grandiosen Gnadenstrom, den Ich den Gottesgläubigen versende. So gedeiht aufs Beste, was sich Meiner Fülle Wohlklang angedeihen lässt und sich Mir ganz vertraut in der vollendeten Magie des schöpferischen Wartens auf ein Himmelszeichen, das die Lösung bringt im menschlichen Revier.

Erfährst du dies, ist deinem Heil Salut und Sicherheit gegeben, deine ungezählten Wege sind dem Einen, Meinem zugetan und deine Fristen laufen alle pünktlich und manierlich, graziös und siegessicher in Mein Ziel.

Wer immer sich verwandelt, hat die Chance, Meinen Wandel anzunehmen und damit apart und innig, tief beglückt und seelenvoll in Meinem Licht zu stehn. Denn was sich dem Allherrlichen verpflichtet und damit gewinnt, was andern nicht gelingt, lebt ganz in der Verheissung dessen, was Erbauung, Grandeur, Friedefertigkeit und Werte bringt des Numinosen, das Ich Bin und das das All regiert in allen seinen Wundern. Mach dich auf, ermanne dich, Mir zuzulaufen und begünstige, was Meiner Gunst entspringt soviel du kannst, um der Verherrlichung und der Lobpreisung Meines Namens Willen in den Menschenwelten.

So vollendet sich in dir, was einst in Mir begonnen und erhebt in alle Himmel der Holdseligkeit, was niedrig war. Gerecht geworden ist, wem Unrecht widerfahren und Genüge wird dem Ungenügen angetan in Meiner liebevollen Weise, eins zu sein mit allem und das All voll Zartheit und Entschiedenheit zur seinsbeglückten Einheit aller Wesen hinzuführen.

5.15
Ich Bin und kenne keine Grenzen in der Geistwelt, die Ich Mir verwalte und erhalte, vor Mir ausgegossen und in Mein Bewusstsein eingetragen seh. Was Ich immer Mir erdenke, ist und wenn Ich Meine Kräfte zu den Sternen lenke, sind sie Mir aus Licht und Kraft, Empfindsamkeit, Genie und Muttersorglichkeit gebaute Götterburgen, die sich sanft und selig, dominant und grandioserweis ins Universensein verstrahlen.

Dein Bemühen, Menschengeist, um redliches Erfassen dessen, was Ich Bin und allweit treibe, ist ein nutzlos Unterfangen all so lange, wie du Meiner Meisterdinge Wesen, Sinn und Flor beständig nur von aussen siehst und sie dir nicht als in dein Weltgefühl und Seinsgewissen eingefügt erscheinen.

Es steht und fällt, was du dir Bist mit deiner Fähigkeit, Bewusstheit von dir selbst und deinem Sein als Träger kosmischer Befindlichkeit und Elementenwucht, Ranküre, Heiterkeit und Wohlfahrt zu erlangen. Daran wirst du gemessen, was du dir als preziöser Patriot des Alls zurechtlegst zur Erklärung deines und damit auch Meines Seins und Wesens. Hüte dich davor, dich mediokre oder mickerig zu sehn und sei nicht überheblich in dem Sinne, dass du dich als weiser denn Mich vorkommst oder als gewissenhafter in den Prügeleien, die du dir noch leistest als in deiner Eigensinnigkeit gefangen und mit deinem Seelenfrust vermählt.

Merk dir, dass es dir gelingen soll, dein bittersüss gesprenkeltes Erkenntnisleben auf den Punkt zu bringen, wo du Einsicht in dein Seelensein gewinnst und wo dir die Gewinste an All-Menschlichkeit bewusst und innig vor den Seelenaugen liegen. Ich komme dir zu Hilfe mit der Absicht, sie gesund zu pflegen und verleihe dir im langen Atem, den Ich dir gewähr, den Preis der Seinsgewissheit und des Seligkeit-Erlebens. Bist du, darfst du dir die Wunden lecken im Bewusstsein, dass sie heilen und dass keine neuen dir geschlagen werden im bewundernswerten Freisein, das dir dann gehört und in der Liebenswürdigkeit des Schicksals, die dich Meiner Stätte und Gelassenheit, Erhabenheit und Zucht, Vorbildlichkeit und Zierde zugeführt in deinen Wundern. In Mir weisst du dich in einer fabelhaften Welt von Göttertrautheit, Grazie Elysiens, von Seinsfrohlocken, Makellosigkeit, Verklärtheit, Harmonie und seelenvollem Frieden.

5.16
Indem Ich Mich durchlebe, durchlebe Ich das All der Welten, die da sind und seiend ihren Wert vertun. Ich tränke Mein Gewissen mit erhabenen Gedanken über sie und Mich, die einer unermessnen Klärung dienen sollen und das Versinnen Meiner Zeit mit Sinn begaben und mit Heiterkeit und Wonne zu

beflügeln haben, wie es sich gehört für das, was völlig frei und genuin, gelassen und manierlich über sich verfügen kann in seinem Sein und seiner universenweiten Diktion.

Wer immer Fülle vor und in sich sieht, darf sie auch jederzeit geniessen und gelangt damit zu einem unbeschreiblich lichten und geläuterten, bewundernswürdigen und sagenhaften Sternenwohl, in dem er sich und seinen Anhang pausenlos verbadet.

Ich Bin es so gewohnt durch aller Zeiten Hochfahrt, Niedergang und Preziosität in ihrem Mich-Umrunden, derweil Ich als ein lichtgeborner Gottesturm in allem Stürmen stille steh und allen Übereifer, alle Selbstgefälligkeit und jeden Trugschluss insgeheim belausche und belächle um Mich her.

Es ist, dass zwischen dir und Mir im Zeitenwandel eine Wand und Wirrsal zu bestehen scheint, an der du dich verrennst und weder aus noch ein weisst, um sie zu durchdringen, derweil vor Meinem all so lichten und limpiden Sinn in wunderbarer Klare alles offen liegt, was Ich zu überschauen und mit Fruchtbarkeit und Anmut, Grazie und Lebenswonne zu betrauen habe.

Alles, was sich aufwirft, lass Ich los und was in guten Treuen niedersinkt, will Ich zu seinem unschätzbaren Eigenwert erheben, um der Weltgerechtigkeit und Herzensgüte Willen, die Mir eigen und in denen sich die Würde, Qualität und Weisheit Meines immerwährenden Regierens offenbart zum Wohl der Gottesfürchtigen und Tugendhaften, die in ihrem seinsverklärten Dasein nimmer darben.

Ich will - und eine Welle der Besorgtheit wallt durch Meine Sphären der Vertrautheit mit Mir selbst und mit den Argumenten, die Ich siegessicher und gewandt, bedeutsam und in wunderbarem Ebenmass vor Mein Betrachten führe. Ich habe alle Zeit vor Mir für die Vollendung Meiner Operationen, derweil du immer gläubelst keine mehr zu haben. Deinen Unmut teil Ich nicht, wenn etwas nicht geradeläuft, denn Meines Mutigseins Gefieder überspielt mit Leichtigkeit, was nicht ganz vornehm war und lässt schon nächstens wieder froh und figalant die Glöcklein des Erfolgs erklingen.

So läute Ich Mir selbst den Frieden ein voll Wohlbekömmlichkeit am Sein, indem Ich Meine Tage mit Triumph begabe. Wirkungsvoll und weise setz Ich Meine Güter ein, um Meinem Weltsein Harmonie und Süsse, Zauberhaftigkeit und Märchenpracht, wie silberhellen Ausgang zu verleihen. Ich ende, wo Ich auch begann in Heiterkeit und Wonne, Seelenseligkeit und Wachheit überall, wo Ich erscheine und die Welten all vereine in dem Einen, das Ich Bin und das Mein Sein begründet und mit Götterherrlichkeit belebt.

5.17
Ich Bin das Sprachrohr eines Gutsbetriebs von Gottes Sein und Gnaden, der Gesandte eines Königtums von sagenhafter Majestät und allherrlichem Sich-selbst-Umrunden.

Ich löse Schloss um Schloss des preziösen Schmucks, den Ich begeistert an Mir trage und leg ihn sacht auf Samet vor dich hin, dass er dich schmücke und begehrenswert erscheinen lasse. Was tust du, ruf Ich mit Entsetzen? Du verschleuderst und entweihst ihn Stück für Stück, gedankenlos und widersinnig, schändlich und frivol vor Meinem Augenstrahl und bringst dich damit um die Ehre und den Ruhm, Mir zu gehören in der Trautheit, Makellosigkeit und Liebeskraft der Auserwählten Meines Herzbefehls.

Was kann wohl dazu führen, dass ihr euch und euren Anhang selbst verdammt und euch in Lug und Trug, in Unbarmherzigkeit und Rachsucht badet? Nicht was Ich will, doch was ihr frevlerisch zu tun gedenkt, steht wie mit Flammenschrift auf eurer Stirn geschrieben.

Was ist nun Gnade, wenn nicht die, dass Ich Mich Meines Muts enthalte euch dasselbe anzutun, was ihr Mir täglich, stündlich lässt geschehn? Ich mahne, setze Zeichen, überbiete Mich mit Güte und Geduld, Gelassenheit und Grazie euch gegenüber, um euch doch noch zu gewinnen für Mein Reich der Kinder Meines Reichtums und der Fülle Meiner wohlbekömmlich angelegten Gnaden. Was euch frommt, ist satt von Sanftmut, treu und liebevoll in eures Herzens Gral gelegt, dass ihr an ihm die Stärke und Besinnung findet, wieder Meiner Ehre Part zu sein und Meines Rufs verschworene Geschwister der Holdseligkeit im Lichte Meiner Göttersphären. Sowie ihr kommt Bin Ich bereit euch in den Glanz und die Verschwiegenheit der Sterne einzubetten als in das Bewusstsein der Allherrlichkeit, in der Ich Bin und wohne. Wozu ihr längst berufen seid, wird dann erfüllt sein, wenn sich euer Seinsgewissen vollends deckt mit Meinem und euch die Seelenseligkeit erfasst, von der Ich Mir Gespan und Zeuge Bin in ätherleichter Heimlichkeit und Poesie. Die Edlen trifft, was Ich so meine, in der Heiterkeit Elysiens und was Ich will ist, dass die Menschen alle edel seien, als in Mir gezeugt und aufgezogen, frei gelassen und geprüft, der Schuld verfallen wie der Einsicht und damit der Heimkehr fähig ins Dominium von Meines Geistes Wohlfahrt, Wonne und Gewalten. Komm, empfehl Ich Dir und sei und tauche ein ins Seinsfrohlocken Meiner universenweiten Züge, Meiner Lichtnatur und

Meiner makellos ins Sein gesetzten Götterharmonie.

5.18
Gott und die Welt, der Weltengott und seine Glieder. Kannst du eines zählen, das nicht ihm gehörte oder eines, das nur dir gehört? Aus dem Wortspiel wird ein wunderbarer Ernst, wenn du dir sagen kannst: der Weltengott gehört sich selbst, deswegen muss Ich einzig Ihm gehören.

Hast du dich als Gottesglied erkannt, so ist dir allerhöchste Gnade widerfahren, denn du darfst dein Eigenes als Nichts betrachten und dein Gottgehöriges als alles, was du Bist und was dich kleidet und belebt, bewusst macht und dein Ich-Gefühl bedeutet in des Daseins Sinngedicht und Flor.

Du sprichst dich aus und weisst dabei, dass sich ein Gott in dir dem Sprechen weiht und seine Weisheit darlegt vor der Welt und vor den Völkerscharen, die da sind und sind sein Ebenbildnis in des Seins holdseligem Bewahren. Du umspinnst dich mit Gedanken und das Göttliche ist mit den Seinen mit im Spiel, derweil du doch vermutest, eigene zu haben. Wo immer du ins Tiefste gehst, muss dir dein Eigensein entgleiten und du erkennst Mein Mich-Sein in der vollen Majestät und unermesslich gütevollen Glorie Meiner Züge.

Randständig nicht mehr, sondern makellose Mitte des Allherrlichen bist du in Andacht und Bewunderung dir geworden, derweil ein Ewigkeitsgeflüster dich durchzieht, das all dein Sinnen und Bestehn ins wahre Wirkliche versetzt und damit in ein Sein von hunderttausend wunderbar beseligenden Gnaden.

Du fällst in demutsvolles Schweigen vor der Einsicht, dass du Bist des Seins allweit getriebenes Befinden und du weisst, dass keine Lücke und kein Zweifel mehr besteht darüber, ob du denn dazugehörst und alle deine Funktionen unweigerlich, stringent und feinmotorisch mit dem All verbunden sind, das in dir wirkt und webt und Wachheit zeugt in stets bedeutenderen und beglückenderen Massen.

Was immer du dir deutest, ist der Aberdeutung Meiner Gloriole untertan, was dich bewegt, ist Meines Seinsbewegens Virtuosität und Stil. In dir erwachend, überwache Ich Mein Werk und führe es zu einem fabelhaften Ende in Äonenzeiten und in eines Gottes makellos gesitteter Manier.

Nichts weiter hab Ich dir zu sagen als: „Erkenne, was du Bist und bleibe damit völlig unbeschadet und zutiefst beglückt in Meinen Gütern und von Meiner Güte mild umfangen, heil und heilig, geistesabenteuerlich, dem Zauber Meines Seins verfallen, ewig licht und schön."

5.19
Dahin zu kommen wo Ich's will, ist Meiner Absicht Wohlverstand und Lauterkeit Gefüge. Spute dich beizeiten, warm und innig, seelenvoll und wahr zu Meinem Seinsgefolge zu gehören, denn es ist unmöglich zugleich lau und feurig, lässig und galant, mittelmässig und perfekt zu sein. Geh Mir aus dem Augenblinken, wird es dann bald einmal heissen, wenn du deines Solls Postille nicht erfüllst und Mein Gelände wie ein lahmer Vogel überhumpelst, statt in freiem Flug darüber weg zu schiessen.

Ich will und somit hast auch du zu wollen, denn was Mein ist, ist auch deines Daseins Melodie und

Zitterspiel. Ich sag es frank und frei, du fehlst Mir, wenn Ich dir nicht haargenau den Part befehlen kann, der deinem Sinngehalt gemäss für dich ins Buch der Weisheit eingeschrieben. Aller Fährnis und Gebundenheit zum Trotz sollst du Mir folgen auf dem Saumpfad der Gerechten, die ihr Weistum und Regal, ihr Kapital und ihre Süsse nur von Mir und Meiner Dienerschar beziehen wollen.

Kein Wort von Herzensgüte ist bisher aus Meines Sagens Stil zu dir geklungen und dennoch schwillt sie dir entgegen aus der Fülle Meiner Seienden Gewähr und Meines Dich-zum-Sein-Berufens, aus Erhabenheit und Stärke, ruhelosem Schöpferwillen und aufs Äusserste verlässlichem Befehl.

Kannst du ermessen, was es heisst, es akkurat mit Mir zu tun zu haben, als in einem Feld von überirdischer Behutsamkeit und Genialität, von Aberweisheit und allüberall verbreitetem Gewissen um die Wahrheit in den Dingen Meines glühenden Betrachtens und Besehns. Da ist es ungeschickt und ungehobelt, sich aufs Kneifen zu verlegen und gerade das zu tun, was Meiner Absicht widerspricht und Mein Befördern hemmt in trotzig dargestelltem Ungenügen. Lass es dir gesagt sein, dass die Milch der guten Hoffnung nur zu denen fliesst, die auch den Willen in sich tragen, selber mitzutun am Weltenwerk, das Ich mit Vehemenz und unerschütterlichem Seinsgefallen impulsiere. Wachheit und Brisanz, Verschwiegenheit und Optimismus sind vonnöten, um vor Mir als unbescholten und gerecht, verdienstvoll und galant zu gelten.

Wende dich Mir zu und du gehst, wie der Handschuh umgewendet, einem wunderbaren Ziel entgegen. Achte Meiner und Ich werde dich beachten, wie die Mutter ihres Kindes Ausgang und der Vater seines Sohns Manierlichkeit, Rechtschaffenheit und Tugend auf dem Pfad, der zu den

Höhen der Verheissung führt und zum Gewinn des Palmenblatts in hoch zu Mir erhobnen Händen. Mit jedem Schritt, den du Mir zustrebst, wächst die Stimmung der Begeisterung am Sein und Leben in der Fülle deiner Phantasie und ihrer strahlenden Verwirklichung in deinen Taten. Es steht dir bestens an, in Meiner Gangart selbstbewusst hinanzugehn, um unerschrocken und dem Soll gemäss den Gipfel zu erreichen. Jawohl, was du Mir leistest und Mir wohlgesinnt vollbringst in deinen Tagen, führt dich unbedingt dem Vorbild zu, das Ich dir väterlich und mütterlich entgegenhalte, als in den Zeiten der Befehlsausgabe und Bewusstseinsbildung hin zu Meiner Glorie im Geistesabenteuer, das du zu bestehen hast, hinauf, hinunter, kreuz und quer.

In Meinem Liebeshimmel hebt ein Jubel an, wenn du die Schwelle übertrittst und als einer von den Meinen kenntlich wirst in deinem Seinsgehaben. Was dich warm umfängt und dich beim Namen nennt, ist Meiner Geistesboten lichte Schar, von deren Zauber du entzückt, beglückt und aufgehoben bist in heitere Gefilde der Holdseligkeit, in denen sich beschaulich und voll Anmut leben lässt in der Geschwisterschaft der Seinsverklärten.

6

Mach aus allem all so viel du kannst

6.1

Mach aus allem all so viel du kannst, denn über deinem Haupte steht geschniegelt und gespiegelt, fett und resolut die Warnung hingeschrieben: „Sei agil und nutze jede Stunde, die dir zur Verfügung steht in Meinem Sinn und Geist, damit die Prophezeiung sich erfülle: Ich Bin der Einzige, der ist und sein wird, ewig, lauter, allweit in sich selbst gefasst, glückseligen Gemüts, allmächtig, hocherhaben."

Was bleibt dir übrig, als die Einsicht, dass du Teil hast an der allumfassenden Gebärde Meines Götterseins und Wesens zweifellos in geisteswissender Manier und in den Sphären allergrösster Huld, Geduld und Güte, die von Mir geprägt sind und für immer gutgeschrieben.

Nur was an Mich heranreicht, ist auch würdig, Mich zu sein und was Mich in sich leugnet, ist der Unlust und der Finsternis verfallen allsolange, bis es sich devot und willig, gläubig und bewusst von Meinem Licht beseelen lässt und Meiner Liebe glaubt in Reue und erschütterndem Verehren.

Achte Meiner und einjede Ächtung wird wie Staub vom Wind von Mir von dir geblasen. Zutiefst im Schweigen weilst du vor der Urgewalt und Zartheit des Allmächtigen und lässest dich voll Seligkeit mit ihm versöhnen unter jubelnden Posaunen. Geh nun ein in Mein Gemach der tausend Herrlichkeiten und sei Zeuge deiner Brautfahrt ins Unendliche der Geistessphären und der Götterharmonie, in deren lichter Wallkraft du Erlösung findest und beseligendes Freisein im Allhier.

Ich bereite dir den Weg der Wege, und beschreitest du ihn, wird es dir wie Schuppen von den Augen fallen und eine neue, makellose Welt wird wunderbarerweis vor dir erstehn. Wandelst du in Meinem Lichte, wird dir Unermessliches geschehn und du verwandelst dich in Meines Seins Allgüte und Gehaben, Generosität und Wohlgefälligkeit im Sinngedicht, Salut und Wonnesein von alllerhöchsten Gnaden.

6.2
Nichts und niemand hindert dich daran, in deinem Sein und Sinnen eines Wesens Wirkkraft wahrzunehmen, das Ich Bin und dessen gütestrahlende Präsenz dich vollends einhüllt, darstellt und mit seines Odems Köstlichkeit belebt.

Ich nenne Mich das Ewige, von dem der Zeitenstrom genährt wird, ohne selber Zeit zu sein und Bin Vermächtnis Meiner selbst in meisterlichem Alles-Überragen.

Du kommst, du gehst, derweil Ich bleibe dominierend noch das leiseste Bewegen eines Herzgefühls, denn Meine Weise ist der unermüdlich tatenfrohe Gang durch Meinen Schöpfergarten, liebreich, Kraft versprühend, seelenvolle Anteilnahme, Wachsamkeit und Wohl. Willst du Mir dazu Beistand oder Hemmnis sein, ist hier gefragt und deutet auf den Einsatz, den du leisten solltest im allweltlichen Getriebe. Ruhend ist Mein Pol und ruhigen Gewissens sollst du deines Tagewerks Besonderheit vollbringen, Freiraum öffnend für die Werte, die Ich darin bergen will und Frieden schaffend, wo sich Unmut will verbreiten.

Hast du je dem Wörtchen Transzendenz den Sinn entnommen?, sieh Ich belebe sie und suche dich zu überzeugen von dem Wert, der Wirkung und Wahrhaftigkeit des Übersinnlichen in deinem Dich-Begründen. Weiten soll sich dein Bewusstsein in die Sphären Meiner Geistesgegenwart und Meines Wirkbereichs in immerwährendem Gedulden an der Sache deines Auferstehns und heiligen Befindens.

6.3

Gar liebenswert und gottgefällig sollst du deinen Wandel auf der Welt beschliessen, damit die hohen Geister dich darob nicht necken und ihn vor deine Nase stecken. Offenbar was ist, muss nicht mehr werden in der all so graziösen Seinsstruktur, die Ich Mir wunderschön zurechtgelegt und in Mein Sein geschrieben habe. Du bist wohl nicht bei Trost wird mancher sagen, der Mein Budget der Betriebsamkeiten einsieht, die Ich noch in petto habe, um Mein Werk der Werke anzureichern bis zum Gehtnichtmehr im Trubel der Geschichte, die Ich weltenmännisch inszenier.

Einwenig stiller und getragener kann auch nicht fehlen, meine Ich gerade dort, wo du Gedanken spinnst und glaubst du müssest alle allsogleich verwirklichen in deiner Akribie und deinem lebenslustigen Gezwitscher, pausenlos, pausbackig und prophetisch vor dich hin. Ich mein' es gut mit dir, wenn Ich betone, wie gewitzigt und galant du aus den Zeiten meditierenden Emporgehobenseins hervorgehst, das weit hinauf in Meine Sphären reicht, wo absolute Ruhe, Seinsgewissheit, Unbescholtenheit und seelenvolle Wachheit herrschen.

Nicht vergebens will Ich Meinen Zustand der Bekömmlichkeit und Zuversichtlichkeit mit keinem Anderen vertauschen und weiss ihn auch zu schützen und verteidigen vor jedem philiströsen Angriff, der ihm in die Quere kommen will, unschicklich, räuberisch und lapidar.

Kennst du die Weise von dem frommen Wanderer, der mit seinem langgedehnten, all so süssen Flötenton die lauschenden Gemüter rings umher entzückt und sie von schwierigem Sinnieren abbringt, ohne noch den Grund des Seelenwehs zu kennen. Was Ich an Mir habe, hat den Vorteil, unvergänglich, meisterlich, goldrichtig und fidel zu sein in Meiner nonchalanten Art, die Dinge zu kreieren und ihnen Seinslebendigkeit und angeborne Güte einzuhauchen. So brauchst du dich des häufigen Verkehrs mit Mir und Meinen Treuen nicht zu schämen, denn unter Meiner schützenden Ägide springt und sprosst und sprudelt alles Wunderbare wohlgelaunt hervor, von dem so viele nur im Stil des Möchtegern enttäuscht und unentschieden träumen.

Kannst du ermessen, wie viel Schwung und Seinselan vonnöten sind, um eine glänzende Parade von Erfindungen und Fabelhaftigkeiten zu kreieren und sie ins Wirkliche zu ziehn aus hundertfachen Nöten. Mach es ganz, sag Ich zu Mir, wenn du schon etwas tust und begleite es mit deines Segens wundertätiger Gebärde durch die Zeiten, ohne je zu wanken oder zweifeln an der Richtigkeit und genialen Würde deiner Dispositionen.

Nun denn Adieu vom Sermon, den Ich von der Kanzel Meiner Seinserhabenheit und Tüchtigkeit hinunter in die Niederungen der Betrübten und Betrognen sende, um sie zu erheitern und erweitern im Bewusstsein ihrer selbst und in ihrem Streben nach Vollendung und vollendeter Manierlichkeit im doch so vielgeliebten und verheissungsvollen Leben.

6.4
Seinsmagie der allerwertesten und reinsten Art muss Ich betreiben, um alles, was da ist, ins All hinein zu zaubern als verehrenswertes Zeichen Meiner Güte in der Kunst des Weltenschaffens: götterherrlich, geistvoll, genial. Myriadenweise hab Ich die Gelegenheit ergriffen, Meiner Kräfte Kuriosum und Balance, Innigkeit und Poesie in

universenweiter Schicklichkeit, Lebendigkeit und Grazie zu verteilen, wo sie, von des Geistes Fülle angetrieben, Licht verbreiten und in sich selber Werte sind von überragendem Bedeuten.

Was du gewinnst aus dem Betrachten der Allherrlichkeit von Meinen Gnaden ist ein Bild, das sich in deinem Haupte offenbart und es damit zum Abbild macht des Universums als im Geist geboren und in dir ins Geistige gelegt. So ist alles, was du Bist ein wunderbar begütigendes Allertragen, das dir allgemach bewusst wird als das Meine wesenhaft in dir. Willst du erfahren wer du Bist, erfahre wer Ich Bin, als das, was durch die Welten flutet und was dich mit Lebenskraft, Empfindung und Genie begabt zu deinen, wie zu Meinen Gunsten.

Verweile nun im Guten, ebenso wie Ich Mir gut bin als in der Wissenschaft vom Sein in wunderbar beglückender Manier. Vertraue dich Mir an und sei in Mir das Wesen seinsvollendeter Gelöstheit und Erhabenheit, von seelenseliger Heiterkeit und Wachheit, Friedefertigkeit und Weltenharmonie.

6.5
Gelobt sei, der da kommt in Meines Namens Silberschrift am Horizont des Seinsvertrauens, das Ich in den suchenden Gemütern generiere. Ohne das geringste Zweifeln sollst du unablässig zu Mir stehn und dabei bewundernswürdige Bewusstheit in dir pflegen. So kommt, was kommen muss, dass Ich dir Meiner Weisheit Blüte sende und dich mit des Propheziens Gabe wunderbarerweis verseh. Denn was von dir kommt, soll dem Meinen in nichts nachstehn und soll aller Welt das Zauberwort verkünden von dem Sein, in dem Ich webe und zu

dem sich jedermann erhebe, wenn ihm die Stunde der Verherrlichung geschlagen.

Heiter sei und hochgemut bei dem Gedanken, dass den Verständigen, Beständigen und mit dem Schild der Zuversicht Gewappneten mit jeder Garantie der Morgen dämmert ihres Auferstehns in Meiner Gründe seelenvolle Pracht und in Mein Königtums brillante Bodenständigkeit im hellen Geisteswallen, dem du dann gehörst. Du sollst dich niemals zieren, das zu sein, was du schon Bist im Seinsumfangen und im exzellenten Strom der Güte, den Ich zum Heil und zur dezenten Wonne aller Wesen universenweit versende. Begeisterung und Liebe fach Ich an am Geisteswerk, an dessen Blüte, Wohllaut, Redlichkeit und Würde Mir wie nichts gelegen.

So geziemt es sich für dich, wie für die Gilde der Versierten, Meines Namens Folgerichtigkeit und Klingen hoch zu preisen als das Nonplusultra aller Klänge, Sänge, Oratorien und genialen Kompositionen im Allhier. Denn hinter beiden Ohren steht es dir geschrieben, dass Ich Bin der Einzige, der ist und bin es adäquat und unverdünnt in dir und allen Hausgenossen in der Stadt und auf dem Lande, in den Völkerscharen und den Generationen, die da kommen und allwie ein Sommerwindchen sanft und süss verwehn. Glaube Mir, wenn Ich dir sage, du könntest neunmal mehr, nein neunzehnmal aus dir und deinem Anhang machen, wenn du nur vollends in das, was Ich dir Bin versinken könntest und es so verständest, Mich zu sein zu deinen Gunsten und zum Fortschritt einer Welt von Zweiflern und in sich selbst Zerstrittenen. Sieh dabei Hiob an, der mit sich rang, ob er Mir trauen solle oder Mich verfluchen ob dem Ungemach, das laufend ihm geschehn.

Spürst du Mich in deines Herzens Beuge, lässt du alles, was dich so beschäftigte und faszinierte, stehn und liegen und wirfst dich ungesäumt in Meiner Arme Liebesbund, um dort für immer zu erwarmen und in Andacht, Dankbarkeit und Minne Seinsglückseligkeit zu pflegen. Mass um Mass und wunderbare Milde stehn dir zu, sowie du dich mit aller Seelenkraft und Glut zum Ewigen wendest, das Ich dir Bin und das in deinen Adern funkelt, munkelt und dich unverdrossen und gehörig zu Mir führt und all dem Wunderbaren, das Ich aller Welt bedeute.

So sei es denn im lächelnden Beginnen und Vollziehn, in jeder segensvollen Morgenröte, wie in jedem feuerfarbentrunknen Niedergehn. Es schwillt das Herz in Freude ob der Sagenhaftigkeit Elysiens, von der es sich berührt und angesprochen fühlt in jeder noch so leisen Geste des Versöhnens, die Ich ihm versende. Als leicht und selig soll es sich verstehn, sowie es Mich erkannt hat, wie die Liebste ihren Bräutigam erkennt und wie der Liebende sich seelenselig seiner Braut und ewigen Gefährtin zugeneigt erfühlt in seinen Wundern. All so lass dich liebevoll und zärtlich bei Mir nieder und versinke in den Wohllaut und den Odem der Holdseligkeit, die Ich dir liebevoll versende, um dich mit Entzücken und Bewunderung des Unermesslichen, das Ich dir Bin, für immer zu versehn.

So sei's und sei Erfüllung und Gewährnis dessen, was Ich immer wollte und mit silberhellem Himmelsglanz betaue. Schau hin und sei und schau in dich und fülle deine Sehnsucht warm und voll mit Tränen des Erlöstseins von dem Weh der Welt und lebe fortan in ihr als Verklärter und Beseligter, als wundervollerweis Geheilter und als Heiliger der Himmelsklarheit und Gottseligkeit für Zeit und Ewigkeiten.

6.6

Einen Dom will Ich dir bauen im Unendlichen, wo du in wunderbar beseelter Stille Meines Gegenwärtigseins Ereignis spüren kannst in der Beglückung, die dich von Mir mild und warm durchströmt. Willst du sicher und geborgen sein im Silberhauch der Güte, den Ich um dich breite, komm und weile, absoluten Frieden atmend, Glück und Harmonie des Ewigen, das um dich waltet und sich niederlässt in dir.

Seinsgewiss und wahr ist dein Befinden, wo du immer dich durchs Leben dirigierst, wenn du nur Meiner nicht vergissest und dich als das Sein im Sein erkennst in wunderbar bedeutungsvollen Zügen. Was hast du vor, will Ich dich fragen, diesen Tag und auch den nächsten und die folgenden und bis in alle Ewigkeit gezählten, die noch offen vor dir liegen? Wankst du oder gehst du deinem Schicksal voller Zuversicht allein in Meiner Huld und Schuld und Gläubigkeit entgegen? Wirst du den langen Gang durch Fährnisse, Entbehrungen, Beschränkungen und Hemmnisse bestehn, indem du stark und leistungsfähig wirst an ihnen und dich nicht beirren lässest von der Flut und Wut des Weltenbürgertums, dem du anheimgegeben?

Gottesliebe macht das Bittre süss, das Rohe mild, das Blasse farbenfroh und regt in dir Begeisterung an am Sinngedicht des Lebens, das dir jederzeit in sagenhafter Fülle von Mir zur Verfügung steht.

In Herzenseinfalt und Verbindlichkeit musst du all das, was Ich dir biete, auch für dich gewinnen, um schlussends aus ihm den Vorteil götterherrlichen Gewinns zu ziehn.

Hast du begriffen, was es heisst, in Meinen Sphären aufgeweckt und eingebürgert, anerkannt und eingesetzt zu sein, um Meine Bürde mitzutragen durch die Vielzahl der Geschlechter, die in Meiner väterlichen Obhut stehn? Die Geschichte läuft und läuft getreulich und gewandt durch die Äonen allsolange, bis sie einst in Mir ihr angemessnes Ende findet. Das begründet allen Ruhm, der ihr gebührt als Wallfahrt Meines Namens durch die Zeit und als Erwecker ins Unendliche, das Ich Mir Bin und das die Völker in glückseliger Gelassenheit und Majestät, Gottseligkeit und Virtuosität erreichen sollen.

6.7
Die beste Währung für die Ewigkeit Bin Ich, ins Zeitliche verschlagen. Wer mit Meiner Münze zahlt, besticht, was immer ihm zuwiderläuft und feiert sich als Held der guten Absicht und der meisterlichen Taten. Was Ich will, bestätigt sich an dir als ein Feuerwerk von Glanzideen und bedeutungsvollen Manifesten der Entschiedenheit fürs mutige, gewinnende und überaus beglückende Gewahren.

Du spielst in Mir die Rolle eines Generators gottesfürchtiger Taten, die von A bis Z ins buchgewordene Granit der Weisheit eingeritzt gehören und schaust du's täglich an, erklärt sich dir die Welt der göttlichen Vernunft in wunderbar geschliffnen und tiefinnigen Meisterzügen.

So wenig wie Ich Mich von den schockierenden Erlebnissen in Meiner Welt erregen lasse, sollst auch du dich enervieren über das, was dir geschieht und was du nicht mehr ändern kannst an deiner, von dir selbst gesuchten, Lebenslage. Erkenne und bekenne, dass die beste Weisung immer noch die Meine ist, um dir und deinen flackernden Gedanken aus der Patsche und der Unbekömmlichkeit herauszuhelfen. Wahrhaft gross bist du, wenn du dich Meiner Fülle und Beständigkeit erinnerst und dein angeschlagenes Gemüt auf Mein so prächtig

Unversehrtes einstellst, um von ihm Erhabenheit und Gottgefälligkeit zu lernen.

Mein Kern ist jedem Körnchen purer Selbstgefälligkeit ganz offensichtlich überlegen, denn Meine Überzeugung ist zutiefst in Mir gesichert und aufs Trefflichste bewahrt, derweil die Deine noch von jedem Windchen hin und her und auf und ab geschoben wird wie Rieselsand auf Wüstendünen.

Ich mache Mir kein Hehl daraus, dass Meine Bürgen noch unendlich viel zu lernen und erfassen haben in der Welt der trügerischen Argumente, im Feld der vielverlockenden Gelegenheiten, Häppchen, Schnäppchen und brillierenden Vitrinen.

Schlau im Schauer der Durchtriebenheiten sollst du werden Meiner Art gemäss, um das zu leisten, was du sollst und stracks voranzugehn auf deinen aufgeklärten Wegen. Somit wird sich dein Leben von Etappe zu Etappe als ein Siegeslauf ins Unvergängliche ergeben und mächtig wird die Freude sein in Meinen Sphären ob allem, was du dir errangst. Du schafftest es in unerbittlichem Dichselber-Sein in Meiner Hoheit Hallen und unter der beglückenden Ägide Meines Seinsgewissens ewig heiter, liebelicht, adrett und wunderschön.

6.8
Welcher Weise findest du Vertrautheit mit der Meinen, wenn nicht im tiefinnigen Gebet und in der Bitte um Gewährung reiner Seelenruh, wenn du dich nicht empfänglich machst für das subtile Werben, das Ich dir gerechterweis entgegentrage. Nicht nur die Vordersten an Meinen Fronten heiss Ich tapfer, unverzagt und heiter mit Mir vorzugehn, sondern jede noch so schlichte Seele, die da will und will in ihrem Eigenwert aufs Trefflichste bestehn. Wie hohe Halme in den Lebensstürmen

mächtig wanken, sind es auch die zierlich aufgestellten im Gelände Meiner Wirksamkeit und Wahl. Nur durch Meine Kräfte sind sie fähig, sich der Unbill der Gezeiten anzugleichen und in weidenschlanker Rüstigkeit zu überleben, sehniger und abenteuerlustiger geworden. Meine Kreaturen haben in der letzten Konsequenz beileibe nichts zu fürchten, weil Ich ihres Seins Verwalter und Erhalter, Ruhepol und prall gefüllter Gabentempel Bin, so dass sie sich galant und ehrenhaft, vertrauensvoll und wunderbar gelöst bei Mir bedienen können. Nichts fehlt in Meiner unermesslichen Gesammeltheit und Fülle, Fabelhaftigkeit und Hingegebenheit der Güter, die Mein wohlbekanntes Markenzeichen an sich tragen. Wer erkannt hat, wo Mein Feld und Firnis, Göttergrund und Kabinett zu finden ist, der braucht nimmermehr zu darben und gestaltet seiner Lebenstage Lustbarkeiten nach dem eignen Gusto und damit nach Meinem in der Innigkeit, mit der Ich hinter allem steh.

Nun mach dich auf und geh, wohin Ich immer dich verführe und wanke, schwanke unentwegt und treulich Mir entgegen, als der Wicht und der Gewichtige, der Brummer und der Summer, der Zackige allwie der Zärtliche in Meines Sommergartens Elegie und Buntheit, Rarität und seelenseliger Verspieltheit allweit, geistvoll und aufs Trefflichste gediehen.

6.9
Erwarte, was dir frommt und öffne damit Meiner Schleusen Fülle, dass sie tosend bricht in dein von Mir geformtes Tal. Zum Guten trimmen will Ich die Gefährten Meines Ruhms, die Botschaft der Allherrlichkeit verbreitend, licht und wunderbar.

Das Perfekte streb Ich an in immerwährendem Gedulden an der Einsicht, die sich dem eröffnen soll, der sich auf Meinem Weg befindet zur so viel ersehnten Fabelhaftigkeit in Meinem Seinsszenario. Nutze deine Chance, die unendlichen Gewinste einzustreichen, die Ich wohlbedacht, freimütig und behutsam vor dein Schauen lege. Denn lässest du sie ungenutzt vorübergehn, ist sie für allemal vertan und du verhaspelst dich in selbstgestrickte Widersprüche noch und noch in deinen Gauen.

Gewaltlos und verschmitzt besorg Ich deiner Wünsche Strauss und lächle über viel zuviel Naives, das dich noch bewegt, derweil die Dinge wahren Weltbedeutens deinem Sicht- und Sinnkreis ferne stehn.

Deine inneren Werte zu ergründen, bist du da und darfst dich glücklich schätzen, Meines Reichtums Unermesslichkeit und Leuchtkraft zu besitzen. Sieh ihn eingesenkt in das Geheimnis deines Seelenseins zu deinen Gunsten und zu deinem, alles überstrahlenden und über alles wirkungsvollen Wohl.

6.10
Nichts von Mir ist zu erwarten, wenn du wartest auf Erfolg im weltenmännisch hergebrachten Sinne, um dir eines weitern Mäntelchens saloppe Zierde umzuhängen auf der hurtigen Fahrt ins fahle Menschenglück, das du dir auserlesen. Was Ich will, ist Seinsverwandlung mitten in dem Wandel, Handel und Geschiebe der Alltäglichkeit, das doch mit soviel Virulenz in dich hineingefahren.

So sieh doch: Deine Tage sind gezählt, derweil an Meinen dieser Makel nimmer haftet. Deine Sinne sind ans Irdische gebunden, derweil die Meinen Übersinnliches erfassen und erschauen mögen. Ist

Mir denn Unendlichkeit und Seinsverwirklichung gegeben, so brauchst du nicht bei deinen Hemmnissen und Unbeholfenheiten stillzustehn, denn Ich weiss dich sachte, sanft und überzeugend zu dem hinzuführen, was du wirklich Bist und was Ich Bin in dir, als das Ungeteilte, Eine, Götterlichte und Erhabene, an dem die Völker alle ihren Anteil haben.

Du magst dein kleinpersönliches Ich-Sein drehen wie du willst, das allweite Meine ist ihm haushoch überlegen und bestätigt und betätigt sich im Weltenwillen, dem die Himmelssterne hörig und geläufig sind im gloriosen Übertragen.

Unendliches gewinnst du mit der Einsicht, dass Mein Ich das Deine in sich trägt und generiert und moduliert und stilisiert zu einem Instrument der unbeugsamen Stärke, der Bewusstheit seiner selbst, wie des Durchschauens der Allwirklichkeit in seinen Abergründen.

In deinem wahren Ich bist du Mir vollends zugeeignet und darfst dich in Götterherrlichkeit und Zartheit, Zuversichtlichkeit und Seligkeit darin erleben.

6.11
Klug begonnen, halb gewonnen, mag ein Sprichwort sein auf deinem vielgerühmten Erdenplan. Doch auf Meinem heisst es: alles ist gewonnen schon von allem Anfang an. Wer sich Meiner Stärke, Drift, Wahrhaftigkeit und Unergründlichkeit erinnert, hat die besten Trümpfe in der Hand, um die Widersacher in den Wind zu schlagen und den Sieg davonzutragen. Meiner Art gemäss vollbringst du Wundertaten der Gefälligkeit am Sein und Leben, wenn du dich als deren Part und Partitur erweisest in verschwenderischem Dich-Verströmen in die

Sphären der Allherrlichkeit, die Ich bewusst und königlich bewohne.

Weder aufgemotzt, noch eigensinnig sollst du Meines Geistesdoms Erhabenheit betreten, sondern mit dem Duktus reiner Demut und Ergebenheit vor soviel Glanz und himmlischem Erstrahlen. Ich brauche nicht um Gunst zu werben, dir aber ziemt es, deine Wünsche bittend und bescheiden vorzutragen, dass Ich sie mit Wohlgesinntheit, Liebenswürdigkeit und Pracht erfülle, um dir Meine Macht und Minne zuzuweisen.

Wer gelangt zum Ziel an Meinem bittersüssen Ohr? Der sich tauglich macht, bezaubernder Tenor der guten Sitten und der Brauchbarkeit zu sein in Meinem Reich des stillenden Beglückens und der Auserlesenheit der Gaben, die Ich rundherum voll Artigkeit verteile. Von Meinem Sang und Klang begleitet, darfst du dich galant im Überirdischen ergehn, um so den Wirkkreis deines Wesens ins Unendliche zu vergeben.

Charmant und elegant ist das Gewinde Meiner Gärten angelegt, um dir Gelegenheit zu geben, dich seinsglückselig, sanft und wohlgemut in ihnen zu vergnügen. Markante Freudenquellen lasse Ich vor deinem faszinierten Blick erspriessen und begabe dich mit dem Arom der Friedefertigkeit, die herrscht in allem, dem du stillvergnügt entgegengehst. Nichts als zu lächeln brauchst du und dich wohlzufühlen in der Atmosphäre der Holdseligkeit, mit der Ich dich umgebe.

Behalte wohl im Auge, was du Bist im Hier und Dort, im Dort und Hier, das du zur selben Zeit bewohnst und das dich, als von Mir, aufs Köstlichste bewahrt in Harmonie, Glückseligkeit und wonnevollem Frieden.

6.12

Weite deine Welt ins Wunderbare, dessen Meine sich erfreut und wo Ich Mir bezeugen lasse, welche Gnadenfülle ihr entspringt und welcher Innigkeit, die sie bewohnen, fähig sind in wunderbar ereignisvollen Massen. Dein Wirkliches verblasst, derweil du Meinem Raum und Fülle, Andacht und Ergebenheit gewährst im Zuge der Erkenntnis seines überweltlichen Gepräges und der Feinheit, die sich in ihm seelenvoll und heiter offenbart

Manch feurig Wesen voll Wahrhaftigkeit versieht hier seinen Dienst am überragend gliosen Ganzen, das Ich Bin und dem Ich Mein Talent, Mein Wohlgewicht und Meine Liebeskraft verschrieben habe.

Achte Meiner pausenlos, will Ich dir hier voll Güte zu bedenken geben, damit du dich nicht ächtest vor der Majestät und Hochgemutheit, die Ich allseits den Gewissenhaften präsentiere. Fugenlos soll das Gewissen von dir selbst in Meines übergehn, damit die Einheit herrsche hier und mählich über allem in der Sinnkraft Meines Geistesstrahlens. Packe an und mehre, was du an dir hast in unermüdlichem Beginnen und Erringen und Vollenden, Meiner Fülle zu, in der sich alles bestens aufgehoben, anerkannt und liebevoll umfangen sieht von Meinem zartesten Gefühl. Komm und verkomme nicht in Eigenbrötelei und brachial berechnendem Gewalten. Schau denn, hier liegt wunderbar gesegnet und von Mir gewährt dein Gutes vor dem makellosen Seelenschauen, dem nichts beizufügen ist, was Ich schon habe an Gediegenheit und Weisheit, Wohlbekömmlichkeit, Elan und Zärtlichkeit, die allesamt Mein Sein begründen und Mein Seligsein wie deines im Allhier.

6.13

Geradeso, wie du dich bettest, wirst du wieder auferstehn am Morgen einer strahlenden Unendlichkeit in Mir. Du trägst deine Tugenden und Schwächen mit hinüber in das Reich der Offenbarung dessen, was du Bist und wirst dich dann erkennen als der Weise oder Wüterich, der Spender lichten Trostes oder der Gewaltige von Zorn und Schrecken. Du wirst in schauender Gewissenhaftigkeit und Einsicht deiner Taten Strenge oder Milde selber spüren und daraus die wirkliche Erfahrung ziehn.

Ich orte jeden, der den Schauplatz seines Lebens friedvoll oder leidend oder Knall auf Fall verlässt und helfe ihm, sich mählich auch zurechtzufinden in der reinen Geistigkeit von Meinem Sinn und Flor. Was wird dir aus dem Festen, das dich trug? Die Gewissheit, dass du Bist ein Wesen Meiner Provenienz und Geistkraft, das sich von neuem zu behaupten hat in Sachen Schicklichkeit und Eigenwürde, wie im Erringen eines strahlenden Bewusstseins von des Gottes Gnade, Macht und Zierde, Liebefähigkeit und Seinsglückseligkeit in Mir.

Ich tröste dich in deiner Sehnsucht nach Vollenden dessen, was du eben erst begonnen und entzünde in dir Meines Willens Kraft für künftige Erdenleben. In diesen wirst du meistern, was Ich noch an dir vermisse, um dich immer strahlender im reinen Sein zu finden, als in Mir und Meiner Attitüde der Allherrlichkeit im Wunderbaren.

So gewinnst du Fülle aus den Zeiten deines Kämpfens um Gerechtigkeit, Holdseligkeit und Frieden und siehe, du erkennst, was immer schon in ehernes Gesetz gegossen vor dir stand: Glückselig sind die wahrhaft Herzensguten, denn sie ruhen schon in Mir, derweil sie noch voll Mut im Weltgetriebe kämpfen.

Sie wollen ihren Platz in Meinem Sein mit nichts Geringerem mehr tauschen und so sind sie als Seinsverklärte Zeugen ihrer selbst und Zeugnis Meiner Herrlichkeit im Reich der Ideale, des Frohlockens und der Tugendhaftigkeit, die sich in einem Meer von Güte liebelicht umspielen. Schau es und vernimm den wunderbar gesättigten Gedanken, dass du alles Bist, was du dir sein willst in der Gloriole Meiner Göttlichkeit, die Ich dir liebevoll zum Pfand gegeben.

6.14
Mach hoch die Tür, ermanne dich, lass deiner Kräfte Bund gehörig walten und wisse dich im Erdenrund vergnüglich zu entfalten. Ich stärke dich, wo immer du den Weg beschreitest, der zu Meinen Himmeln führt und hülle dich in Meines Glanzes Majestät, um dich in Meiner Gotteswürde zu bewahren

Wisse ständig auf Mein Innenwort zu hören, das Ich dir traut und willig, gütevoll und zart entsende. Dann wirst du ewig dich in Meiner Obhut und Gelassenheit, Verspieltheit, Grazie und vollen Liebenswürdigkeit erfahren.

Was an dir noch verbogen, bockig, unstet und durchtrieben war, mach Ich gerade, ruhig strömend und verbräme deiner Ufer Blütenstand mit Anmut, Duft und heiterm Strahlen. Das von Mir Bewegte gleitet mühelos dahin und hütet sich, die Fassung jemals zu verlieren, denn alles, was in Meinem Sinn, Salut und Übermut geschieht, trägt Meines Gutseins geniale Züge in die Welt hinaus mit wunderbar beseligendem Sonnenglänzen.

Mit wem sollt Ich Mich jemals überwerfen, wo doch alles Meinem Sinn und Meiner Sagenhaftigkeit entspringt, was ist und worin Ich Mich ständig und gewissenhaft erfühle. Kein Prunk, nur prächtige Bescheidenheit verbreitet sich zu Meinen Füssen und bestätigt, was Ich Bin, als der Vollbringer wahrhaft nützlicher und seelenvoller Taten. Was immer Ich gestalte, hält sich selber aufrecht in der Welt der Millionen und was Ich niederreisse, hat sein Werk und seine Wirkung aufs Vortrefflichste getan. Dem Alt- und Unnütz-, Schief- und Schalgewordnen traure Ich nicht nach, wenn Ich es zum Verschwinden bringe vor der Sehnsucht, neu und genial Geschaffenes vor Mir zu sehn. Hohem Anspruch muss, was Ich Mir leiste, jederzeit genügen und so sind Seinsgeschicklichkeit und Variationenreichtum der Gedanken, Phantasien und Verhältnisse vonnöten, um dem Anspruch ans Allherrliche von Meiner Seite zu genügen.

Das Erbauliche bringt auch die Wohlbekömmlichkeit voran am Leben und gebiert den Sinn fürs Ganze, als in dem sich jeder fühlen kann, wenn er die rechte Einsicht pflegt und Meines Handelns inne wird im unermesslichen Gefüge.

6.15
Bejahrt oder jung fällt nicht mehr in Betracht in Meinen unendlichen Dimensionen. Es geht aus Mir heraus, es schweift zu Mir zurück und ohne noch die Zeit zu zählen, die dazwischenliegt. Von Sein zu Sein ist alles angelegt in Meiner einzigartigen Ranküre des Verwaltens und Gestaltens Meiner Güter, die da sind und sich weder mindern noch vermehren lassen.

Taufrisch ist alles, was Ich Mir ersinne, und das Erdachte kann nicht altern, derweil es ewig fortbesteht in seinem Ruhm und seinem radikalen Sich-im-All-Verfluten. Mach es wie Ich, erdenke dir, was sein soll und schon ist's wirklich und wahrhaftig in die Seinsannalen eingeschrieben.

    Lebendiger jedoch als ein Gedanke kann nichts sein in Meinem Weistum und Begaben, denn so wahr Ich hier bin, ändert unaufhörlich sich die Perspektive, unter der Ich Mir die Welt beseh. So wird jeglicher Befund zum unermesslichen Scharmützel von Ideen, die unbedingt ihr Recht für sich behaupten wollen. Nun geschieht's, dass Ich sie allesamt am Zipfel fasse ihres Seins und Webens und dem einen grandiosen Gottgedanken unterstelle, der da machtvoll und gediegen durch Äonen strömt, um eines dominanten Werkes Willen, das sich schlussends als Galaxie entpuppen mag im unerhörten Sang und Klang der Weltenzeiten.

    Was Ich Mir biete, ist erfinderisch, galant und schön und lässt jedwelche andre Attitüde ohne weiteres im Schatten stehn. Da gibt's kein Feilschen und Vergleichen, Preis-Verteilen und auf dem Podestchen stehn, denn wo das Eine sich Gehör und Geltung schafft, kann sich kein Zweites etablieren und kein weltliches Gerangel hat noch Sinn im Seinsentwurf, den Ich allein Mir zugedacht und eingerichtet habe.

    Schön, schön und damit kommen wir zu dir und deiner Schachtel der Pandora voll von nimmersatten Nöten. Eine glatte Illusion sind sie, weil du den Blick, auf was Ich Bin und was du in Mir bist, verloren hast im Wettlauf um dein Eigensein und dein Dich-in-dir-selbst-Ertöten. Gar innig soll dir nun Mein Ruf erklingen nach Gerechtigkeit am Sein und Leben, dem Ich dich geweiht und eingemittet habe. Im Vertrauen auf dein gütestrahlendes Vernünftigsein verleih Ich dir die Kompetenz, in Freiheit weltenschaffende Allüren an den Tag zu legen und Mein Schöpfertum damit im Kleinen, wie im Grossen fortzuführen, von Mir gebilligt und bestaunt, befördert und bewusst in alle Himmel aufgehoben. Schliesslich merkst du, dass kein Unterschied besteht im Sein und Schaffen zwischen dir und Mir, weil der Begriff des Einen alles einschliesst, was da ist und rattert und Regie betreibt im Sanktuarium von Meinen sinnerfüllten Gnaden.

Sag dich von dir los und leiste dir beim Eid das Unerhörte, nur noch Mich zu sein in allen deinen Perspektiven und bewundernswerten Spekulationen, deinen Narreteien, wie den seinsbewussten Applikationen einer Meisterschaft von Meinem Rang und Namen. Nimm Augenmass an Meiner Unverfrorenheit und Heiterkeit des Ewigen, an der Ich Mich mit dir erfreue und mit der Ich in Glückseligkeit und Wonne, Wesenszartheit und Genie in eine wunderbar beseligende Zukunft schreite.

6.16
Mach es kurz, wo Präzision des lodernden Gedankens angesagt und billig ist, damit die harrenden Gemüter von keinem Missmut heimgesucht und angeknabbert werden. Ein Veilchen, lass ein Veilchen sein, noch ohne es mit dutzend Worten zu verbrämen, weil dir sonst die Zeit nicht reicht, das Wesentliche detailliert, prägnant und fulminant daherzusagen. Ich unterstütze das Gekonnte und beglaubige, was ehrlich, überzeugend und markant die Sache auf den Punkt bringt, die es gilt, treffsicher, unzimperlich und würdig zu vertreten.

Wo hingegen jede Menge Zeit und Redekraft, Aufmerksamkeit und guter Wille zur Verfügung stehn, kannst du getrost auf den gemächlich stilisierenden und Unterhaltung produzierenden, mit

Witz und Watz gewürzten Gang der tausend Variationen schalten, ohne nervenstrapazierend aufzutreten.

Wie Musik soll klingen, was aus deines Herzens Wohlgemutheit und aus deines Überlegens Weisheit wallt, dem amüsierten und verständnisvollen Publikum entgegen. Wie Wein vom Allerbesten soll es schlürfen, was du ihm auftischst und wunderbar soll munden, was du seinem lüsternen Geschmack anheimgegeben. In freier Rede, ohne jedes Stottern oder Eh- und Äh-Gekrächze, sollst du seinsbrillant und sicher das Produkt vertreten, das volle Anerkennung und Bewunderung verdient und von jedermann goutiert und gutgeheissen wird, weil es voll Phantasie, Gutmütigkeit, Brillanz und raritätensprudelnder Geläufigkeit daherkommt, ohne weniger Begabte zu brüskieren.

Es ist nicht schön, die Andersgläubigen und fest von ihren Werten Überzeugten in ein schiefes Licht zu stellen, denn das Abgeschattete und Schalgewalzte fällt in jedem Fall auf dich zurück und lässt dich weniger gewandt erscheinen. Vielmehr sollst du des Lobes voll sein über jene Qualitäten, die dem Gegner echt und würdig zustehen und du wirst erfahren, wie Wahrhaftigkeit und Liebenswürdigkeit, Wohlwollen, Charme und Herzensgüte deine Absicht unterstützen, als ein Herold der Gerechtigkeit zu gelten und vom Auditorium aufs Innigste verehrt zu werden.

Dies alles ist nicht möglich, ohne Meinen Einfluss und Mein resolutes und schlagfertiges Dahinterstehn als ein Souffleur des Schwungs im Wortspiel und des glänzenden Sich-selbst-Verspielens eines Meisters der Gelassenheit und Lebenspoesie. Dem Verehrten steht sie ebenso wie Mir wohl an in dem gestrengen Urteil der Gemeinde, die noch jeder blinkenden Nuance eifrig auf den Grund geht, um sie gutzuheissen oder tüchtig zu verwerfen in klassischer Manier.

So wächst denn alles Überragende und Sakrosankte, Träfe und Betörende auf Meinem Feld der guten Gaben und beschert der hungerigen Seele eine Labsal von dezenter Auserlesenheit und mustergültiger Bekömmlichkeit, die sie beglückt und heiter macht nach Noten.

Das Ende soll unendlich stürmischen und wohlverdienten Beifall provozieren, der das Wunderwerk der Eloquenz in alle Himmel hebt und es mit Vehemenz und Wirkkraft lässt in die Erinnerung fahren. Damit ist dem genialen Stück die rechte Weihe und Verbindlichkeit gegeben, die dem Volke nottut, wie auch Mir, im allerwürdigsten und wonnevollsten Abschiednehmen.

6.17
Da will Ich denn hinein und nimmer wieder ausgehn, hab Ich Mir geschworen, denn in der blauen, lauen Weite eines Liebenshimmels lässt sich trefflich sein und leben. Ich werte und verwerte alles, was Mich dorthin führt und heisse Mich schon in Mir selbst willkommen, der Ich Bin und alle Weiten trägt in seinem gloriosen Weltenwesen.

Was lässt sich Ausgezeichneteres von Mir sagen, als dass Ich dem hehren Sein geweiht bin innerlich und äusserlich, bergauf, bergab, markant, betörend und bescheiden, sinnvoll und banal, und immer läuten Mir die Glocken der Allherrlichkeit den Herzensfrieden ein, den Ich wie nichts ersehne und der Mir schon entgegenkommt in jedem vollends in sich selbst gekehrten Wesen.

Wo immer Ich den Lebenssinn gefunden habe, herrschen Freude, silberhelles Seinsfrohlocken,

Makellosigkeit, Glückseligkeit und sagenhafte Harmonie. Ich taufe jeden Augenblick, den Ich Mir selig vors Gewissen hebe mit Bewunderung und virulenter Klarsicht, Heiterkeit und seinswahrhaftigem Lobpreisen. Meiner Herzensgüte Faden reisst nie ab in der holdseligen Beschaulichkeit, in der Ich Meine Blütezeit versinne und nicht ende und beginne in der lieben Lauterkeit der Sphären, denen Ich geweiht Bin hoch und her. Was unnütz ist an Mir, lass Ich behutsam und behend, belustigt und plausibel von Mir fahren und enthalte Mich dabei ein jedem Unmut oder triefenden Bedauern. Denn Ich weiss, dass nur das Gute Gutes zeugt und sich die Herzensfrömmigkeit ein Liedlein singen darf von Unbeschwertheit, Minne, Munterkeit und Poesie im reinen Geiste, den Ich längstens aufs Entschiedenste und Wunderbarste propagiere.

Kenner Meiner Wucht, Wahrhaftigkeit und Majestät beglaubigen den grandiosen Fortschritt, den sie in Mir sehn und bekreuzen sich zugleich vor dem planetenweiten Aufruhr, den Ich inszeniere, um die schlafenden Gemüter wachzurütteln und den Weg zu öffnen in Mein Reich der Vollkraft aller Gottesgnaden.

Was du immer Bist, soll dich dazu beflügeln, Mir und Meinem Sinnkreis anzuhangen erst mit Haut und Haaren, dann so seelenvoll wie nur ein liebestrahlendes Gemüt sich halten kann an Mir und Meiner Grazie des Himmels, die da Klärung bringt und Wohlgefälligkeit, Verständnis, Zartheit und Beglücken.

So sei, was Ich empfinde und für dich erfinde eine Gabe reiner Anmut aus den Gärten Meiner schicksalhaften Strategie der Seinsbewusstheit und Entschiedenheit fürs Übersinnliche an alle, die Mich in sich suchen. Denn es ist myriadenfach bezeugt, dass alles in dir ist, wes du bedarfst, um eines Alls

Geglitzer und Vermächtnis zu empfinden, um betucht zu sein mit Seligkeiten ohne Zahl und um den Glanz, die Fülle und das Pfauenrad Elysiens zu gewahren.

7

Eine Zeit des Webens und des Strebens

7.1

Eine Zeit des Webens und des Strebens, eine Zeit des wonniglichen Ruhns. Kannst du ermessen, was es heisst in wohlgeordneten Faszikeln immer weiter fortzuschreiten, um das Erscheinungsbildnis dieser Welt tiefgründig mitzuprägen diesseits und jenseits in Etappen, als in einem schicksalhaft und unvermeidlichen Kontinuum des Seins und Lebens. All dies ist auch dir gegeben und beschert dir eine grandiose Wirklichkeit weit über deinem all so kleinkarierten, sorgenschwangeren und maledetten Menschentummeln.

Es ziemt sich dir, in unaufhörlichem Bemühen - Selbstbewusstsein, Göttergrazie und Klarsicht zu erlangen über das, was du in Wahrheit Bist und spielen lässest durch den Hall und das erlesne Widerhallen deiner Daseinsgenerationen. Einsicht solltest du gewinnen in ein allumfassendes System von jovialem Menschentum und geistesabenteuerlich geprägtem Sein in andern Welten als der Unseren. In glücklichen Momenten geh mit dir selber ins Gericht und staune ob den Widersprüchlichkeiten, in denen du dich hin und her und auf und ab bewegst und ohne deiner Würde und Bestimmung, deiner Sinngewalt und Gottesebenbildlichkeit gewahr zu werden in geschenkten und verschenkten Erdenweltentagen. Du bist in Mir ein Wesen unermesslicher Beständigkeit und Rarität und sollst dir sagen, dass dein Einfluss Meinem eingefügt und wunderbarerweise angeglichen ist im geistvoll und gewissenhaft, gutmütig und bezaubernden Die-Zeiten-Überleben.

Sieh doch, Ich Bin bei dir und decke dich und strecke dich in steter Wohlgemutheit, wie in der Begeisterung am Sinnen, Schaffen und Das-All-mit-Meinem-Segensspruch-Belegen. Wende dich Mir zu und wirke das Verändern deiner kleinen Welt und damit Meiner abergrossen im Bereich und Reichtum einer grandiosen Evolution von Gottes Sein und Gnaden.

Wisse dich in allem, was Ich Bin und weide dich an dem, was du in Mir erfährst an Lauterkeit und Seelenstärke, Heiterkeit und Harmonie, Bewährung, Seinsglückseligkeit und unerschütterlichem Frieden.

7.2
Du schweigst, derweil Ich dich umrede mit dem Donner der Gezeiten und der myriadenfältigen Bestätigung für dass Ich Bin in einem Sinnspiel, Blühen und Bemühen ohnegleichen, dem Ich als Autor und Meister, Malachit der guten Hoffnung und Erfolgsgarant durch dick und dünn die Stange halte als mit dem Zauberwort des unablässigen Begütens.

Erweise dich als edel und gerecht in allen Daseinssituationen und du wirst erfahren, wie verbindlich Ich die Meinen durch das Paradies der Zuversicht am Leben und der Wohlgefälligkeit am Dasein führe. Versuche Mir nicht auszuweichen, sag Ich dir Mein lieber Schwan der tausend Flüchtigkeiten und Versäumnisse in deines Lebens dolce far niente und Falaria, denn jetzt gilt's ernst in deinem Ranken, Kranken und nach Halt und Haltung suchen. Ich verehre dir, was Ich in langer Wallfahrt und beharrlichem Umkreisen eingemittet habe und ermahne dich zu seinsgerechtem Tun, sowie zu unerschütterlichem Dich-an-Meinem-Weistum wie an Meinem Alles-Überragen laben.

Von weit aussen in dein Inneseins Geheimnis spreche Ich das Wort der liebevollen Anteilnahme am Geschick, das dir beschieden, um dein Herz zur Frommheit und Verehrung zu bewegen. Der

Gläubige hat eminenten Vorteil gegenüber dem, der glaubt für jeden Zwirn und Zwick in seinem Reiche selber kompetent und klug zu sein, derweil ihm so die wahren Dinge massenhaft entgleiten.

Ich rühre an und überwalte jede Seinsgebärde mit entschiedner Weisheit und mit unnachahmlicher Geschicklichkeit des Dirigierens. Was du dir zugesellst und -mutest, sei in Meinem Mut getan und überdaure so die Zeiten, als ein Werk von Menschen-, wie von Götterhand getan in meisterlichen Zügen. Bringe Mir und dir das Nonplusultra an Geselligkeit und Wohlbekömmlichkeit am Sein entgegen und deute dir das Leben als ein Fest des feierlichen Installierens Meiner Würde und Wahrhaftigkeit im Menschensein und Weben. Blicke auf zu Mir, und in dem seelenvollen Blinken vollzieht sich deine Wandlung ins Erhabene, wie Meine in die Tiefen einer Welt des Lernens und Verehrens. Hier vereint sich, was verschollen war und hier entzückt sich das Gefundene am Wohllaut des Sich-wieder-inniglich-Vereinens in der Einheit allen Seins und in der wunderbaren Seinsglückseligkeit der Göttersphären.

7.3
In der Gottesminne sichte Ich der Liebe lichten Strahl und lasse Mich in ihr, allwie in einem Rosenfeld, bedächtig und ergriffen nieder. Was Ich immer wollte: Hier ist es getan; welcher Weise Ich die allergrösste Achtung zollte: Hier leitet sie Mich sachte himmelan. Was nun: Es gilt das Strandgut deiner Unvollkommenheiten und Versäumnisse zu sammeln und dem Feuer der Begeisterung anheimzugeben, das da lodert Meinen reinen Lüften zu. Jede deiner guten Taten führt dich einem Zustand der Gottseligkeit in Mir entgegen, der dein wahren

Wesens Inbegriff, Verheissung, Ruhm und Ehre offenbart in Meinem Dich-Begründen als des Seins Kaprize, Inbegriff und Prälatur.

Mit Mir, in Mir und als Mich kannst du mustergültig, sieggewiss und sorgenlos dein Tagewerk verrichten, als ein sakrosankter Träger Meines Siegels und Verschwender Meiner Fülle reiner Wohlfahrt an des Lebens sprudelndem Geschehn. Du Bist und trägst beseligt und bewusst die Krone der Vollendung deiner sprossenden Talente auf dem Haupte, majestätischen Durchs-Leben-Schreitens- und-Begeisterung-Verbreitens, Meinem Dich-Umfangen zu. Denn es gilt, dir vollbewusst, erstrebenswert und recht beliebt zu machen, dass du immer in Mir Bist und endlich Meiner Geistesschwingen seelensichtig wirst in der Stunde der Erlösung von der Weltbenommenheit in deinen Gründen.

Aus der Trauer wird glückselige Vertrautheit mit dem Götterparadies, in dem du künftig deiner Wege Seim, Salut und Seinsgefälligkeit begehst, aufs Innigste mit Mir vermählt und in den Wind des seligen Frohlockens an des Schicksals Gnade, Güte und Gottseligkeit geschrieben.

7.4
Was die Welt zusammenhält, ist Meiner Sache Appretur und Grosstat, feierlicher Schwur und langgedehnter Ruf nach Seinsbeständigkeit, Gediegenheit und Frieden. Kannst du ermessen, was es heisst, ein Wunderwerk von graziösen Formen, Fühlbarkeiten und lebendigen Beweisen absoluter Genialität und Wehrkraft um sich zu errichten und es dann von Einsturz und Bankrott, Misslingen und Malheur bedroht zu sehn?

Da muss sich Widerstand und Wallkraft regen, um die heilig hohen Werte tunlichst zu erhalten, die vor entsetzten Götteraugen regelrecht im Argen liegen. So sieh denn zu, o Mensch, wie wenig weit du kommst, wenn du versuchst ganz ohne Meinen liebevollen Duktus zu kutschieren.

Aus Millionen Herzen hör Ich Hilfe rufen und Millionen stehn Mir nah in ihrem Hoffen auf entschiedenes Verwandeln ihrer Situation in eine wohlgefällige Synthese von rasanter Strebsamkeit und sinngeladner Ruh im Vollgefühl des Seins in einer Sphäre eminenter Sicherheit und makellosen Friedens.

Und gerade dies verleih Ich denen, die sich Meines Worts erinnern: Unfehlbar und unerschütterlich erhalt Ich sie in jeder noch so tückisch und prekären Lebenssituation, derweil sie wissen, dass sie immer auf Mich zählen dürfen. In Wahrheit wirkt ihr Herzensruf wie ein Befehl an Mich, die Lebensdinge wieder gut zu machen und den guten Seelen Heiterkeit und Wohlfahrt zu verleihen.

Wohlan denn, lass dich von der wunderbaren Wertbeständigkeit und Weisheit Meiner Züge unterweisen und sei Meiner Dienste ewig lauschender und auserlesener Gespan.

7.5
Wahrhaftigkeit und Güte zu verströmen ist Mein Los in wunderbarer Einheit mit Mir selbst und mit der tausendfach bewährten Überlegenheit in allen Daseinsregionen. Ohne Zögern schaff Ich Recht und Billigkeit, wo immer Grund besteht zum resoluten Handeln und zum aberwilligen Mich selbst Vertreten in der Willkür, die Mir noch so vielerorts geschieht.

Hast du jemals überlegt, wie manche deplorable Untat Meine Bürgen akkurat an Mir begehn, indem sie sich und ihresgleichen schänden und kein Wort von dem begreifen wollen, was Ich ihnen flüsternd, bittend, barsch und brüllend ins Gewissen trage.
Nun denke dir: Ich lese hier und buchstabiere Wort für Wort und kann den Sinn des Ganzen dennoch nicht verstehn. Das ist, weil du noch nicht die Fähigkeit erlangt hast Seinszusammenhänge zu erfassen und das Wirkliche, Wahrhaftige und Wesenhafte allweit nur in Mir zu sehn. Sieh doch wie Ich das Grandioseste wie das Geringste voll mit Meinem Sein durchdringe, indem Ich es gleich selber Bin und in ihm das bedeutendste Geheimnis aller Zeiten offenbare.
Was kann denn süsser, lebenspendender, markanter und riskanter sein, als Mich zu kennen und benennen in den Tiefen und den Höhn, im Weihevollen, wie im Würdelosen, im Verschwiegnen, wie im rasenden Gezeter, das die Ausser-sich-Geratenen vollführen.
Erkennst du dich, geschieht sogleich das Wunder der Verwandlung deines Ich-Gefühls in eine Schau von allerwürdigster, allgegenwärtiger Präsenz des einen, reinen Seins, das Ich mit Vehemenz und Wachheit, Lust und Folgerichtigkeit vertrete.
Ich mache Mir kein Hehl daraus, dass noch unendlich viele sich im Geiste regelrecht in Ärmlichkeit, Unwissenheit und trügerischem Phantasieren winden, derweil Ich allerlängst im eignen Sonnenlichte steh und Liebeskraft und Überzeugung, Helferwillen und Gelassenheit verstrahle.
Du bist Seinsnatürlichkeit und Selbstgefälligkeit in corpore und machst dir Sorgen um ein Nichts, derweil du's haben könntest, wie Ich meine, wie ein

Prinzgemahl der Götterherrlichkeit, von dessen Lippen Weisheit und Lobpreisung perlen.

7.6
Setze dich zu Mir, damit Ich dir weiss was erzähle. Der Sternenhimmel ist ein kaum zu fassendes und namenlos bedeutungsvolles Milieu von Meinem Rang und Namen voller Faszinationen, dem indes im Weltensinne nichts mehr innewohnt als eben das, was die gelehrten Augen sich besehn. Nur wenn du's leistest, seelenvoll und heiter hinter die Kulissen dieser doch so prächtigen Schau zu sehn, geht dir ein Licht auf von des Gottesgeistes Sein darin, Wahrhaftigkeit und Gnaden.
  Bin Ich weder dort noch hier, so Bin Ich doch allüberall zu finden, wo das Ahnen und die Ehrfurcht vor dem Numinosen hinreicht und es sich erklären lässt, was ist und was Ich Bin im Bannkreis der allwertesten Dimensionen.
  Erlaubst du Mir Mich auszusprechen in dein inneres Gehör, so öffnet sich dir Wunder über Wunder einer Welt von sagenhafter Dichte der Gedanken und Ideen, die allesamt dem Irrwitz und Gezeter, wie der liebevollen Sanftmut Meiner Gegenwart entspringen.
  Lass es dir recht angelegen sein zu wissen, dass du gar nichts weisst und dass nur Ich in dir der Weisheit Flügel meilenweit verbreite, um dir gut und nützlich, wesenhaft und wahr der Lehrer und Gefährte, Wunderheiler und Garant zu sein für eine glückerfüllte Zukunft auf des ewigen Daseins götterlichter Spur.
  Wer meldet sich, um nur noch Mir und Meiner Botschaft des unendlichen Entzückens anzuhangen? Streng und unverwandt in dich gekehrt, wirst du dich wunderbarerweise nach dem All in dir

und seinem unermesslichen Bedeuten kehren. Tritt näher, dir will Ich ein klares Wörtlein sagen von der Sagenhaftigkeit der Welt, in der Ich Wachheit, Wohlverstand und Wirklichkeit gefunden habe. Ich trete auf, um deinem Auftritt Festigkeit und Würde, Seinswahrhaftigkeit und Wohlgemessenheit zu spenden, denn das sind Werte, die man nie genug verherrlichen und preisen kann in Meinem Wirkbereich, allwie in deinem.

Es träumt ein jede Seele von Verwirklichung verborgener Talente, die dem Leben allergrösste Gunst und Wohlbekömmlichkeit verleihen, wie von einem heitern Herzen, dessen wunderbar gesegnete Gestimmtheit Tag für Tag in heller Sorgenlosigkeit erblüht und Ansporn ist zu sagenhaften Taten.

Wer immer solchem Träumen anhängt, braucht nur noch den starken Willen zur Verwirklichung in sich zu tragen und schon quillt und schäumt und sprudelt ihm von Mir Gedanke nach Gedanke ins empfängliche Gemüt und lässt ihn jubelnd seiner Art gemäss ein Werk vollbringen, das ihn ehrt und zugleich auch den Gott, der ihm den Mut und das Genie dazu verliehen.

Längst ist dein Name von Mir in das Buch der Weisheit eingetragen. Du brauchst es nur zu öffnen und darin die vielen Floskeln und Erweiterungen, die ihn rings umgeben, anzuschauen, um Gewissheit zu erlangen von der allumfassenden Potenz, die in dir ruht und die, von Meiner angefacht, Gewaltiges geschehen lassen kann in deinem Mich-Umrunden.

Klarheit und Geselligkeit sind bei Mir gross geschrieben, Lauterkeit des Herzens und Verschwiegenheit dem Vorteil gegenüber, den Ich jederzeit geniesse in der Gunst der Stunde, die Mir alles, was Ich will, gewährt. Was dich erhebt, musst du getreulich in dir selber finden und damit in Mir, der Ich voll Kraft und Leidenschaft in deinem Herzen Wohnsitz und Begriff, Brisanz und Tugendreichtum eingemittet habe. Es ist bezeichnend, dass die grossen Förderer des Gottbewusstseins in der Welt sich ganz allein auf Mich beziehn und sich von Meinem Genius und Goodwill durch die Lebensmeeresstürme leiten lassen. Ich Bin in ihnen Stern und Steuer, Wohlfahrt und Entschiedenheit zum Handeln, die exakt den Seelenreichtum produzieren, der die Wesen weiterführt in Meine Gründe und sie lehrt, sich als in Mir, aufs Allerköstlichste und Wesentlichste zu erfühlen.

Trage demnach, was dir frommt, als von Mir bereitetes Gedicht in deinem sinnenden Gemüte und handle auch danach, damit du allsobald und sicher ein verehrtes Gleichnis Meiner Züge wirst im Himmel Meiner geistgeborenen Holdseligkeit am Sein und Leben.

7.7
Seinsglückseligkeit, die Ich im Hier verwirklicht habe, Tugendhaftigkeit dem Leben gegenüber, das Mich umflutet und umkreist, Würde zeigt und Elend, wo die Kräfte der Erhabenheit versagen.

Mild ist Mein Spruch und sanft das Herz, das ihn in Wahrheit in sich aufgenommen und verwandelt hat in wundervolle Taten. Gleichmut spendest du, sowie du Mich begriffen hast in Meiner Fülle, Seinsverlorenheit und fabelhaften Fähigkeit, gewandt und sicher einem festen Ziele zuzustreben. Mach dich auf, um schleunigst und dir selbst bewusst das zu erreichen, was Ich in dir will. Öffne dich dem Strahl der Güte und Gelassenheit, den Ich dir unverwandt entsende und wisse dich von Mir gesegnet und gestählt in deinem Trachten, allwie in den Wundern deines Dich-Entfaltens in der Seligkeit der Horen, die dir im Allhier beschieden sind.

Auferstandener sollst du dich nennen vor der Welt der Drückeberger und Versager, denen nichts gelingt und die wie du zur Glorie des Seins berufen sind von Mir.

In Meinem Wandel wandelst du gerechterweis, gutmütig und gediegen durch die Zeit der Fülle stillvergnügt voran und spendest, was du Bist und hast den Hilfedürftigen und Bittenden getreulich wieder. Berufen bist du, Meine Stelle aufs Entschiedenste und Wirkungsvollste zu vertreten, dass die Funken deiner Fabelhaftigkeit und Gottbewusstheit sprühen. Räkle dich im Sternenwohl, dem du so sicher angehörst, wie alle Meine Bürgen und Verständigen des Alls, dem Ich voll Zartheit und Beschaulichkeit, Bewegtheit, Friedefertigkeit und Sanftmut innewohne. Allem Tückischen abhold, bewahre Ich Mein Sein in Lauterkeit und liebevoller Anteilnahme am Geschick der Welten, woran Ich Meine Freude und Erfüllung, Mein dezentes Glück und Gleichgewicht gefunden habe.

7.8
Sankt Martin sieht man hoch zu Pferd den Mantel teilen, um einem Bettler Schutz und Wärme zu vergeben. Was alles teile Ich mit dir, sollst du bedenken in der Überlegungsreihe, die du vor dich hinstellst, um dir Klarheit zu verschaffen über dich und Mich im Gleichmut deiner Tage. Da mag Ich Mich dir offenbaren bis zum Geht-nicht-mehr und du gewinnst geflissentlich, was Ich an dich verliere.

Doch nun zurück. In dem ungleichen Paar gewahrst du mit Erschrecken, dass du, wenn man's recht bedenkt, nichts für Mich übrig hast in deinem all so menschlichen Benehmen. Dein Erdenwandel scheint für dich ein in sich abgeschlossenes System zu sein, dessen Anfang und Beenden, Sinn und Zweck du nicht erkennen magst solange, bis sich dir die Augen öffnen für das Weltenreich, in dem du dich erlebst. Desgleichen öffnen sie sich für den göttlichen Bezug, der deinem Sein und Sinnen eine Weite, Übersicht und Wirkgewalt verleiht, die vom irdischen Gezeter bis zur absoluten Sternenruhe reicht in Meines Daseins Attribut und Richtwert, Liebeskraft und meisterlichen Überragen.

Nun gilt es, dir in aller Form und Güte beizubringen, was du tun musst, um dein wahren Wesens Inhalt und Befindlichkeit, Sein und Machart zu erkennen und um dir darauf den rechten Reim zu bilden für dein künftiges Verhalten in des Lebens Lauf und Solala.

Das beginnt, wo du Mir dein Vertrauen schenken kannst und Ich dich dafür mit der letzten Offenbarung Meiner selbst durchströme. Du wirst wissen, dass du Bist, so wie Ich Bin und dass da Einheit herrscht in allen allerwürdigsten Belangen eines Daseins in der Zeitenlosigkeit der Sphären, die den Seinsverklärten offenstehn und ihnen Halt und Hort sind, Licht und Lauterkeit in wunderbar besänftigenden Harmonien.

7.9
Beim Zeus, wie lange willst du's noch versäumen, vollends in Meinem Sinn und Gestus zu agieren in des Lebenslaufs stupender Hochfahrt, Seinsbegeisterung und Götterspiel. Wenn du's nur willst, Bin Ich dir Ursach, allen Seins und Sinnens Schwere leichtgefasst und sicher zu ertragen in der Weltenzeiten Zuversicht und Ziel.

Ich wärme auf und lasse siegen, was sich immer Mir vertraut; das Schlüsselin Bin Ich zu allem, was verriegelt und versiegelt der Erschliessung harrt durch Menschenhand und -geist. In Meinem Kursaal grosser Ahnen sollst du gläubig und gewissenhaft dich zu Mir wenden über jeglichem Problem, das deine Freundlichkeit betrifft oder eben deine Galle im bewegten Dich-ans-Tagewerk-Verlieren.

Lässest du dein eigensinniges Gebrödel los, kann Ich dir umso besser auf die Finger schauen und ihnen Lenkkraft, Werdelust und Binsenwahrheit sein. Sie werden deinen feurigen Elan mit Siegen noch und noch bekränzen akkurat in Meines Sinnens Sendung, Wohlerwogenheit und Stil.

Was kümmern dich Bilanzen, Bowlingresultate, Budgets und Betriebsbedingungen zuhauf, wenn du nur Meiner Absicht dich versicherst, alles gut zu machen, was auf deiner Lebenslinie liegt, sodass dir auch nicht der geringste Fehltritt Unbekömmlichkeit bereitet in deines Daseins allerwertestem Gebaren.

Willst du was Ich will, so bist du schon genesen von der schieren Lust nach Eigenständigkeit und symptomatischem Betragen. Lies nach, es steht zuvörderst in dein Pflichtenheft geschrieben, du sollst nur einem Gott willfährig sein und keinem anderen dein Herzblut leihen. Wappne dich demnach mit dem, was Ich dir präsentiere und sei ständig auf der Hut vor dem Geschlängel wirrer Meinungen, die sich gegenseitig auf den Nullpunkt setzen und nichts nützen vor der Einen, Meinen, im meisterlich mit dir geführten Dialog.

Ein einzig Sternchen schau in Meinem Himmel an und trachte danach, es mit deiner Sinnkraft zu erreichen, dann erreichst du schon recht viel von dem, was Ich dir sein will in des Raumes Allgewalt und Strahlen. Nimmer lass dein Seinsgewissen los, wenn du es hast für dich gewonnen, denn es führt dich wie ein roter Faden Meiner Unvergänglichkeit, Wahrhaftigkeit und Grazie zu. Erfassen sollst du, wie sich alles Sein das Glück beschert, das ihm gebührt, will Ich dir hier sagen. Leiste dir ein göttlich schönes Lächeln mitten in der Ungeduld der Zeit, um alle Welt ob ihrem Widersinn vor Meinem Gottesangesichte zu verklagen.

7.10
Weidenzart und schicklich will Ich deines Schicksals Abergründigkeit vor Meinem sehn. Niemals soll es von dir heissen: Ein geschniegelter Verführer geht vorbei, in dem der Ungeist seine Possen treibt bedauerlicherweise mehr und mehr.
  Weltenbürger sollst du werden von erheblichem Format und sollst dich als Gesandter Meiner Gunst und Kunst erweisen, aller Werke Wert der strahlenden Vollendung zuzuführen. Setze dich in Szene, wo du immer willst, doch sei dir stets bewusst, dass Ich Mich in dir der Gemeinschaft aller Weltengeister präsentiere, die da sind und deines Vorbilds Nahrung brauchen, um in Meinem Namen die Scharmützel ihres Lebens trefflich zu bestehn.
  Unzimperlich, begeistert, graziös und liebvoll sollst du deinem Tagewerk die Würde eines gottgesegneten Idylls und Bistums der Allherrlichkeit verleihen, das in Minne, Mustergültigkeit und Lauterkeit erstrahlt vor aller Augen.
  Mach dich auf, das Grosse zu beweisen, dass du Bist und, ledig aller Not, in Meinem Gottesglanze ruhst, wie rauh dich immer die verflixten Weltenstürme noch umtosen. Jedes deiner Haare ist von Mir gezählt und niemand soll dir keck zur Ader

lassen, ohne dass er Meiner Fuchtel in die Quere kommt und lernt, sich gottgefälliger zu benehmen.

Von Mir gelernt, ist halb gewonnen; in Meinem Ansatz ist ein jeder Sprung gekonnt und federleicht getan. Du schreibst Geschichte deiner selbst und schreibst sie doch in Meines Namens Blüte, wie in der Verherrlichung der Zeiten, die Ich impulsiere und durch die Ich aller Welten Schicksal gleiten seh.

Bist du Meiner Gegenwart bewusst in deinen Runden, weisst du, dass dir im Grund nichts Ungebührliches geschehen kann, von welcher Seite immer, denn du darfst dich jederzeit in Mir geborgen und von Mir behütet fühlen. Sinn vom Sinn und Kraft von Meinem Kraften Bin Ich dir in der Gediegenheit der Göttersphären, die dich trägt und turtelt, heiter macht und gottergeben.

Findest du den Weg, so kann es nur der Meine sein im Göttergarten der Unendlichkeit, in dem sich sicher, heiter und natürlich leben lässt in wunderbarem Wohlgeraten. Komm und leiste, was zu leisten ist in Mir und wandle auf des Seelenglückes sakrosankten Höhenpfaden. Weide dich am Bild der reinen Schönheit, die du in deinem Inneren von Mir erfährst und sei für deine Tapferkeit und Liebenswürdigkeit von allen Himmeln aufs Entschiedenste mit Wonne, Grazie und Glückseligkeit belohnt.

7.11
Gibt es eine Szene, die geprägt ist von Gelassenheit und Ruh, Holdseligkeit und Frieden, so kann sie nur in Mich gebettet sein, der Ich der Heile Bin in strömender Wahrhaftigkeit und makellosem Lieben. Ich raste wieder ein, was ausgerastet einen Irrweg ging, Bin aller Lieb und Treue Banner mitten in der Welt der trügerischen

Hoffnungen, wie der vergammelten Gelegenheiten, gut zu sein, rechtschaffen und gediegen.

Das zu Vermeidende verfolgt dich allsolange, bis du klaren Sinnes Meinem Aufruf und Verlangen Folge leistest und Vertrauen fassest in die Götterhilfe, die Ich dir gewähr.

Radikal sind Meine Kuren, doch ebenso bestimmt und unerschütterlich gewähre Ich der Gutheit Absolution und der Entschiedenheit die reine Herzensgüte, die die Welt, von Mir beseelt, zu einem Garten der Holdseligkeit und Minne macht in wundervollem Selbstgenügen.

Sei guten Willens und Gemüts und ernte so den Beifall deiner Lieben; stelle dich dir vor als ein Gesegneter des Himmels und der Kräfte, die von ihm zu dir herniederströmen. Sieh den Aufwand, den Ich treibe, um für jedermann die Basis und den festen Punkt zu schaffen, von dem er ausgehn und sein Werk vollbringen kann in vaterländischer Manier.

Meine Art zu wirken, ist der Kunst verpflichtet, überall präsent zu sein und helfend, rettend, fördernd, wie auch strafend, einzugreifen, wo es Not tut und wo immer sich der Wille findet, aus Talenten, Tugend und Geschicklichkeit ein Meisterwerk hervorzuzaubern, das für Generationen der Bewunderung gewiss sein kann in seiner Dominanz und seinem Grazie-Verströmen.

Goldrichtig liegst du, wenn du dich Meiner Gegenwart und Führung in dir feierlich versiehst und damit deiner Freude Feuer anfachst und frohlockend in die tiefe Menschenzukunft schreitest, als mit Mir Verbündeter im hocherhabenen Allhier.

7.12

Wozu und immer weiter gehst du in den Wald hinein der hunderttausend Schicksalsvariationen, die dich mit Nachdruck fesseln an das Irdische, das Mich nicht meint in seinem tückischen Rumoren.

Du weisst es dir nicht zu erklären, weil du nichts anderes erkennst in deinem Dich-Verkreisen und Vereisen in der herrschenden Struktur. Ich aber sage dir, das ist dein Tod auf ewig, wenn du dich nicht um Einsicht in das Geistige der Welt bemühst, das Ich mit soviel Leidenschaft vertrete. Sieh doch, wie schon die geringste Herzensbitte Kräfte wecken kann von wunderbarer Innigkeit, die dein Gemüt mit seelenvoller Zuversicht versehn und liebevoll behütetem Erwarten. Ich sende, du empfängst und von der Fülle trefflicher Gedanken wirst du munter, motiviert und tatenfroh; dem Fabelhaften sinnst du nach, das dich in deinem Weltensein umgibt und spürst: Da muss ein schöpferkräftig's Fluidum dahinterliegen. Ich nenne es beim Namen: Albatros der Zuverlässigkeit, Nachtigall der seidenweichen Töne und Beschwörerin der Poesie, die ihres Farbenschimmers wegen von dem Zeitlichen und Ewigen geliebt wird, denn sie verbreitet überall Entzücken und Begeisterung und lässt sich feiern von den edelsten Gemütern im Alleinen.

Allein was Geist hat, ist und was den Glanz der Göttlichkeit verbreitet, darf sich rühmen, unsterblich, wirklich und wahrhaftig, allem immanent und sakrosankt zu sein in seinem Sich-Veräussern.

Hange nicht wie eine Klette an dem Deinen, sondern folge Meinen Seinsgedanken freien Flugs und im Gewahren der Glückseligkeit, die dich davon beseelt. Öffne dich dem Sein in vollen runden Zügen und es wird dich gläubig, genial und mustergültig machen.

Fach in aller Welt das Geistesfeuer an und lass die Lebensdinge jubilieren ob der Schönheit und Erhabenheit, die sie verströmen als von Mir und Meiner Kraft und Herrlichkeit in ihnen.

7.13
Welt und Sein begreifen will noch jeder in des Daseins Sinngedicht und siebenfach gewundner Spur. Was ist es denn, das eine Analyse der so sehr verwinkelten Gegebenheiten schwierig macht und Fehlbegriffe zeitigt noch und noch, sowohl im Labor des Gelehrten, wie auf dem volksbelebten Marktplatz, wo Noble und Geringe, Radikale und Verschwommene, Mutige und Duckemäuser hurtig durcheinander streunen? Das ist, weil viele zuviel von sich selber halten und nicht fähig sind, ihr Sosein strikt und konsequent, gelassen und geschickt wie aus weiter Ferne zu betrachten und sich dabei bewusst zu werden, was an ihnen klein und gross ist, unbedeutend und genial, lächerlich und weise im Betrachten dessen, was ein Menschenwesen darstellt, äusserlich und innerlich gesehn.
  Veräusserung heisst hier die gängige Parole jener, die nur Manifestes und als darstellbar Erwiesenes für wirklich halten, derweil ihnen die Gedanken flüchtige Schemen sind, die weder Schmiss noch Eigensein besitzen.
  Was wahrhaft schwierig ist, wird einfach weggelassen und gemieden, nämlich die tief innige Besinnung auf sich selbst, die eben Werte zeitigt und Erkenntnisse gebiert von fabelhaft beglückender Manier und von des Himmels überwältigenden Gnaden. Als wunderbarerweise mit dem All verbunden sieht sich der zutiefst in sich Versunkene und weiss sich als ein Wesen geistiger

Natur, das in die höchsten Höhn hinaufreicht und damit Bewusstsein und Holdseligkeit erlangt von majestätischem Befund und unermessnem Sich-Verstrahlen.

7.14
Unerkannt und unbenannt weil' Ich in all so vielen menschlichen Gemütern, kunstvoll, dienstbereit und magistral. Ein Töpfer der Barmherzigkeit und Liebenswürdigkeit am Leben Bin Ich und gestalte und erhalte aller Welten seinssensibles Offertorium in Lauterkeit und Liebe, Vollbewusstheit, Geistesstärke und manierlichem Bescheiden.

Die guten Leute meinen immer noch, sich selbst zu sein und sind es immer nicht, derweil Ich Hochgefälliges von Meinem Einfluss geltend mache, unmerklich, phantasievoll und entschieden.

So sind deine Früchte, vaterländischer Kumpan und Kumpel, stets die Meinen und dein Tagwerk, wie bezaubernd süss es immer sein will, ist von Mir getan, reichlich, graziös und bitterlich, galant und radikal.

Kannst du ermessen, was es heisst, ein Menschentum behutsam und besorgt, kapriziös und kunstvoll zu kreieren und geheimnisvollerweise zu regieren, derweil die eigensinnigen Akteure der Geschichte sich keinen Deut um ihre Herkunft, Mustergültigkeit, Maternität und Heimkunft kümmern. Dabei Bin Ich in ihnen Werker, Wächter, Gütiger und Traulicher in Grossmanier und Wohlfahrt, feierlich und seinsgediegen.

Fahrlässig, hektisch und banal betreibst du dein Gewimmel von verpflichtenden Geschäften, Katzebuckeleien und Kanzleien mit bewundernswerter Akribie, doch ohne noch im Geistessinne wirklichen Erfolg zu generieren. Auf dein Wohligsein und Wohl stösst du zu Dutzend Mal am Tage an und ignorierst dabei vollständig und geflissentlich, was Ich dazu zu sagen habe. Mayday, mayday schreist du dann erschreckt und tränensüchtig vor dich hin und ahnst, dass etwas an der Supertüchtigkeit von deinem Dasein und Gewinst nicht stimmen kann.

Vielleicht ist dies der überragende Moment, wo du Mein In-dir-Sein gewahrst und endlich nur noch Mich gewähren lässest in der Anerkennung Meiner meisterlichen Gaben. Du schürfst und findest, doppelst nach und siehst dein wahres Selbst, als in Mir fest gegründet und elegant von Mir durch das All-Ewige getragen. So wirst du, was du Bist in Mir und Meinem wunderbar gesegneten und blütenreinen Allsein, behütet und durchströmt von hunderttausend Gottesgnaden. Erfüllung ruft dir das Gewissen zu und Seinsergriffenheit beseelt dich im Glückseligsein und Wandel, den du inniglich erfährst.

So ist's und steht's mit dir und Mir in der Gemeinschaft der Banausen und Bewunderer der Gottnatur, der Möchtegerne wie der Seinsverklärten in der grossen Lebensschule, der die Wesen all verpflichtet sind und in der sie leidend, schweigend, sinnerfüllt, frohlockend und lobsingend endlich die unendliche Erfüllung vor sich sehn.

7.15
Getrimmt auf Leistung, lustige Wanderschaft und Tatenfülle Bin Ich virtuos, rekordverdächtig, ungestüm. Wer hätte das gedacht, dass Meine unerschöpflich ausgesandten Energien soviel Wunderbares wirken könnten in der kosmisch dargestellten Elegie der myriaden Wünsche und famosen Wirklichkeiten im Allhier.

Eine Frage der vernünftigen Verwendung Meiner Kräfte ist gestellt an alles, was Ich machtvoll unternehme, um jeglicher Verschwendung vorzubeugen und um dennoch sicher und gewandt ans auserlesne Ziel und Ende zu gelangen.
Wie heisst es doch: „Wer wagt, wird auch gewinnen" in der Menschheit Spruchbrevier und genauso ziehe Ich an den Registern Meiner Kunst und Inbrunst, alle Fähigkeiten auszuspielen, die Mir eigen. Überwachend geh Ich aus, Mein Reich in einem königlichen Rollenspiel erfolgreich und gehörig zu regieren, erklärten Willens, mustergültig, gütig und gerecht zu sein in jedem noch so heiklen Navigieren.

7.16
Du existierst, weil Ich in dir mit jeder Faser Meiner Wachsamkeit und Würde existiere. Du klammerst dich ans Leben, weil das Leben leben will und bis zum Geht-nicht-mehr gewillt ist, seine Kräfte rigoros und radikal, mutwillig und beständig auszuspielen. In der Vollkraft deiner Blüte magst du dich galant und sieggewiss als Meister deiner Angelegenheiten fühlen. Doch, geht es mählich dann bergab, kommt auch die reine Körperstrategie ins Wanken und wankt unaufhörlich und bedauerlich dem Grab entgegen. Was wäre das, wenn dabei nichts mehr übrig bliebe, für ein Jammer, all die Trefflichkeiten und Gepflogenheiten, Glaubenssätze und Errungenschaften, als dem Nichts verfallen, gerade noch vor sich zu sehn.

7.17
Eine Quelle ist verschlossen, eine Tür verrammelt, wenn du Mich in dir nicht walten siehst. Doch Ich

walte unverdrossen, bis du Meiner sichtig wirst. Was du immer wählen magst ist nichtig, eh du Mich allein erwählst und in deiner Wahl berichtigst, was dich unablässig quält. Meine Grazie will Ich senden, deiner stillen Fürbitt zu, will der Unrast Tücke wenden, zu beseligender Ruh.

7.18
Nichts Bitteres sollst du für lange in den Händen halten, weil sich alles, was dich tief beschäftigt, im Bewusstsein absetzt und dann kaum mehr aufgehoben werden kann. Es flimmern die Gedanken unablässig ihrer endlichen Erfüllung zu und ihr Bedeuten, wie es immer sei, verändert, was wir sind, unwiderstehlich und enormermassen.

Was du gewinnst, wenn du Mir nachsinnst, ist mit liebevollen Flammenzeichen in den Sternenraum geschrieben. Darin mach Ich deine Ahnung wahr von einer seinsgewissen Grösse, die dich ebenso betrifft wie Mich, im Wunder des Allhierseins, grenzenlos, gutmütig und gediegen.

Trau, schau wem, gewinnt an sirrendem Bedeuten, je bestimmter du den Weg der wahren Fruchtbarkeit begehst in Meinem Sinne und dich unterstehst, den Gottbegriff in deinem Innesein im rechten Licht zu sehn.

Ich mache dich nicht gross im weltlichen Gepränge; aber in den Sphären Meiner Gottnatur gewinnst du Achtung vor dir selbst als einem Wesen wunderbarer Seinsgefälligkeit in Mir.

Beginne jetzt und du wirst in Vollendung, Grazie, Glückseligkeit und Gleichmut enden, als von Mir verheissen und geführt, anempfohlen und mit Meinem Ziel gefüttert offenbar. Lass nicht ab von dem, was du dir strikte vorgenommen, denn alles Halbgewonnene belastet und beschäftigt dich und ohne dir geläufig und galant zu sein in deinem Streben.

Im Dialog mit Mir erfährst du schliesslich, was dir frommt in deinen Erdentagen und beglaubigst das Erhabene, das in dir ruht, in vollen, runden Zügen.

7.19
Ein Magnifikat zu singen ist gar leicht ein Spiel für jene, die von Herzen fröhlich sind und sich auf Meinen Text und Meine Melodie berufen; zuerst die Stimmung, dann das Lied und mit ihm aller Seelen Seligkeit in Meinen hochgebenedeiten Sphären.

Auf Meinem Feld beginnt, was Ich hier meine, in einer Welt, in der du atmest, lebst und Bist, von Meiner Seinsgeschicklichkeit herangezogen. Trittst du für Mich ein, so ist's als hättest du ein Kraftfeld losgetreten von Gefälligkeit und Sicherheit, Erhabenheit und Mut am Sein und Leben, das du führst und das Ich zugleich fürstlich in dir führe.

Wache, bete und besinne dich, auf was du wirklich zählen kannst in deiner schütteren Position und deinem eingefleischten Fehlverhalten.

Meinem Scharfblick gegenüber hilft dir keine Ausflucht und kein bittersüsses Lächeln, dich von Schuld und Sühne zu befreien in der Stunde der Gerechtigkeit, die Ich für alle inszeniere.

Blütenrein, lichthungrig und aufs Äusserste gewandt sollst du vor Mir erscheinen, damit Ich, was du tust, zu schätzen weiss und niemand deinen Aufstieg in die höheren Gefilde stört.

Ausgegossen in dein Nichts Bin Ich dir alles, was du Bist und brauchen kannst in deinen Runden hoch zu Mir und Meiner Geltung, wie Vergeltung deiner Taten.

Unverbrüchlichkeit und Liebe bringen Mich dazu, dir ein guter Vater und Gespan zu sein in allen deinen Angelegenheiten, wie dem Ungemach, in das du dich in eigener Regie und Torheit dirigierst.

Erweckung will Ich dir bereiten in Mein Meisterreich der guten Gaben und der Harmonie, die Ich Mir in äonenlangem Üben anerzogen habe. Glaub Mir, was du immer sein willst und dein Werk zu nennen trachtest, ist von Mir ein sakrosanktes Zeichen reiner Güte, die Ich an die Meinen sende und verlier. Recke dich und strecke dich dem auserlesnen Gut entgegen, das dich nährt und hebt und heiligt, rundet und gesundet und schlussendlich selig macht in Meiner liebevollen Grossmanier.

7.20
Ohne weiteres erteile Ich dir eine Lektion in Sachen Auferstehung ins allgöttliche Gemüt und sein sonnenhaftes Sich-in-alle-Welt-Verstrahlen. Nimm es als gesichert und erwiesen, dass Mein Aufgebot an Lichtkraft, Willensenergie und seelenvollem Seinsgefühl auch dich betrifft bis in die letzten Fibern deines Daseins im Allhier, das vom Festgewordenen bis zum Vergeistigten hinaufreicht in den wunderbar vom Sein erfüllten Sternenregionen.

Allsogleich wie du's erfassest, was Ich in dir, wie im kosmischen Gefüge, Bin, erreichst du das Bewusstsein der Allherrlichkeit in deinen menschgewordnen Zügen. Es dämmern dir die Grazie und das Heil des ewigen Tages, indem du dich voll Seligkeit erkennst als Sein und Wesen, Manifest der Tugend und Gerechtigkeit, der Weisheit und Gelassenheit in voll erklingendem Mit-Mir-Vermähltsein in den Göttersphären.

So gerundet und gesundet wie in Meiner Hemisphäre warst du nie und kannst es dir nun leisten, vollkommen unbeschwert, aufs Innigste getröstet, heiter und gelöst zu sein in Meiner Schwingen all so zärtlichem Gefieder. Nichts lastet dir mehr an, und deines Schicksals unermessliche Verschlungenheit hat sich in Meine Glätte, Einfalt und Gediegenheit verwandelt. So tauche denn in eine Aberflut von Licht und Liebe, Zartheit und Verschwiegenheit im Eins- und Einigsein mit allem, was da ist und seines Seiens sich erfreut in der Unendlichkeit der Welt- und Himmelssphären.

Ich Bin, darfst du dir sagen und behaupte Mich als einer, der sich selbst erkannt hat im Allhöchsten, wie in der Verklärung aller Weltendinge, schauend darauf, was sie sind und was ihr Sein in wunderbarer Harmonie begleitet.

Ich erwarme am Erbarmen, das Ich zu den Meinen hege und erfülle ihr Gemüt mit dem Frohlocken des Elysiums, in dem sie sich allüberall befinden. Taufend sie mit Licht und Gnade des Allherrlichen, umfange Ich sie mit dem Zartgefühl des Himmels und beglücke, was sie sind, in der subtilen Innigkeit, in der sich Wesen reiner Geistigkeit beglücken. Atme Meinen Frieden, sag Ich dir und eratme dir die Friedefertigkeit, die Mich beseelt und die auch dich beseelen soll in deinen Wundern und Holdseligkeiten, deinem Freisein, wie in dem Geborgensein, das dich von Mir umgibt und deine kühnsten Träume wahr macht, ins Allewige geschrieben.

Ludwig Weibel, geboren 1933
Lebt in CH-9200 Gossau/St.Gallen
Studienabschluss als Fernmeldetechniker
Schriftstellerische Berufung zur
"Philosophie des Seins" für vife Geister.
Erstellt elegante Graphiken mit einem
Pendel-Apparat. (Siehe Buchumschlag)
Homepage: www.das-sein.ch